O DESPERTAR DO BEBÊ

Janine Lévy

O DESPERTAR DO BEBÊ

Práticas de educação psicomotora

Prefácio do
Prof. Marcel Lelong

Tradução de
Estela dos Santos Abreu

martins fontes
selo martins

Título original: L'ÉVEIL DU TOUT-PETIT – "GYMNASTIQUE" DU PERMIER ÂGE.
Copyright © Éditions du Seuil, 1972.
Copyright © 1985, Livraria Martins Fontes Editora Ltda.,
São Paulo, para a presente edição.

11ª edição 2007
1ª reimpressão outubro de 2011

Tradução
ESTELA DOS SANTOS ABREU

Revisão gráfica
Ivete Batista dos Santos
Ana Luiza França
Dinarte Zorzanelli da Silva
Produção gráfica
Geraldo Alves

Dados Internacionais de Catalogação na Publicação (CIP)
(Câmara Brasileira do Livro, SP, Brasil)

Lévy, Janine
 O despertar do bebê : práticas de educação psicomotora / Janine Lévy ; prefácio Marcel Lelong ; tradução de Estela dos Santos Abreu. – 11ª ed. – São Paulo : Martins Fontes, 2007.

Título original: L'éveil du tout-petit.
ISBN 978-85-336-2386-6

1. Capacidade motora em crianças 2. Exercício – Aspectos fisiológicos 3. Puericultura I. Lelong, Marcel. II. Título.

07-4908　　　　　　　　　　　　　　　　　　　　　CDD-155.412

Índices para catálogo sistemático:
1. Crianças : Desenvolvimento motor :
Psicologia infantil 155.412
2. Habilidades motoras : Desenvolvimento :
Psicologia infantil 155.412

Todos os direitos para a língua portuguesa reservados à
Martins Editora Livraria Ltda.
Av Dr. Arnaldo, 2076
01255-000 São Paulo SP Brasil
Tel. (11) 3116-0000
e-mail: info@martinseditora.com.br
http://www.martinsmartinsfontes.com.br

Índice

7 Prefácio
11 Introdução
14 Material

Primeira fase:
Até os três meses

22 Descontração global
24 Abertura da mão
26 Cruzamento dos braços
28 Descontração dos braços
30 Descontração das pernas
32 Extensão das pernas
34 Adução das pernas
36 Jogo do rolo
38 Movimentos dos pés
40 Movimentos abdominais
43 Movimentos respiratórios
44 Movimentos dorsais
46 Virar/revirar

Segunda fase:
De três a seis meses

movimentos dorsais

53 Apoiado sobre a bola
54 Em cima da bola
55 Em cima da mesa ou da mamãe
56 Movimentos dorsolombares
58 Preparação para engatinhar
60 Em cima do rolo

movimentos abdominais

63 Em cima da bola
64 No chão
66 Pedalar
67 Deitado/sentado na bola
68 Deitado/sentado no chão
70 Virar/revirar
72 Vira/vira

Terceira fase:
De seis a doze meses

movimentos dorsais

79 Diante do espelho
80 Jogo da cobra
82 Diante da mesa
83 Em cima do rolo
84 Jogo em cima do rolo

movimentos abdominais

86 No chão
88 Em cima do rolo
90 Em cima da bola: bão-balalão
92 Deitado/sentado na bola
94 Deitado/sentado no chão
96 Sentado num banquinho
98 Rastejar/de quatro

jogos com o rolo

100 A cavalinho
102 De quatro/de joelhos
103 De quatro/ereto
104 Sentado/de pé

Quarta fase:
De nove a quinze meses (e além)

112 Sentado/de quatro
114 De quatro/coelhinho
116 Coelhinho/posição de reverência
Agachado/de pé

jogos com o carrinho

118 De quatro/de pé
120 Sentado/de pé
122 Primeiro passo
124 Os bastões
126 O arco
128 A conquista da independência

130 **O essencial destas práticas**
136 **Jogos com outras crianças**
140 **Primeiro passo**

Prefácio

llustrada com farta e bela documentação fotográfica, a obra que temos o prazer de apresentar a mães e educadores é fruto do trabalho realizado por Janine Lévy e sua equipe no Centro de assistência educativa infantil da associação universitária (*Centre d'assistance éducative du tout-petit de l'Entraide universitaire. 27, rue du Colonel Rozanoff, 75012 Paris, France*). O título **O despertar do bebê: práticas de educação psicomotora** é bastante expressivo: decorre de uma doutrina pedagógica que os pediatras certamente aprovam – doutrina baseada no controle contínuo do desenvolvimento normal da psicomotricidade – numa atmosfera afetiva ao mesmo tempo tranqüilizadora e estimulante. É por isso que este guia, que supõe a colaboração integral da mãe, do monitor ou monitora, e da própria criança, limita-se voluntariamente à primeira infância.

As técnicas descritas foram elaboradas no decorrer da experiência de vários anos, adquirida junto a bebês deficientes ou apenas retardados, e principalmente junto a crianças normais cujo desenvolvimento é seguido, etapa por etapa, nos postos de puericultura e creches dos serviços da Proteção maternal e infantil de Paris.

A idéia-mestra que inspirou este trabalho é que a Vida é Movimento, sendo essencial dar à criança normal (e mais ainda se ela tiver qualquer deficiência) uma ajuda que seja ao mesmo tempo estimulante e sem imposição.

Já no ventre materno o feto prova por sua gesticulação que está bem vivo. Quando sai da letargia dos primeiros dias, o recém-nascido tem necessidade de movimento e tem direito à plena liberdade dos quatro membros: os cueiros apertados só devem existir como lembranças ultrapassadas. Refeições, troca de fraldas, cuidados de higiene, banhos devem ser o momento para brincar, dialogar e até cantar. A imobilidade, a reclusão no berço — que está muitas vezes em lugar isolado – a estagnação sempre numa mesma posição, o permanente decúbito dorsal, a falta de contatos afetivos e personalizados são responsáveis pela síndrome de carência indevidamente chamada de hospitalismo – termo injusto pois o hospital só merece ser acusado na medida em que são desumanizados e despersonalizados os cuidados que oferece. O verdadeiro problema para a mãe (ou para seu substituto afetivo) é poder perceber e acolher com ternura os primeiros movimentos voluntários e conscientes, que não devem ser confundidos com a motricidade involuntária, reflexa e inconsciente das primeiras semanas, e sobretudo saber explorar a fundo as potencialidades, sem privar a criança do máximo de liberdade e autonomia.

A segunda verdade perfeitamente ilustrada por este livro é que, após o nascimento, a mãe (ou seu substituto) deve dedicar-se totalmente à criança: só ela pode obter do bebê a espontaneidade necessária para fazê-lo progredir. De maneira alguma a criança deve ser constrangida. Ela deve ter sempre a impressão de que participa de um jogo entre parceiros iguais e livres.

E assim, pouco a pouco, na alegria de cada sucesso alcançado, a criança chega, depois do primeiro sorriso, ao porte ereto da cabeça, à sinergia óculo-facial, à preensão pela mão (primeiro com a palma da mão, em seguida com a pinça polegar-indicador), à posição sentada, à posição de pé, e enfim – pleno desabrochar da motricidade – ao andar, que conduzirá depressa à linguagem, suprema aquisição do homem.

Professor Marcel Lelong
membro da Academia Francesa de Medicina

Você vai ler este livro; como utilizá-lo?

Preste bem atenção nos gestos, experimente com a boneca de pano, depois feche o livro. Brinque com a criança: mais vale obter dela um gesto espontâneo do que empregar uma técnica impecável mas sem diálogo.

Introdução

É com o intuito de oferecer a pais e educadores um método de desenvolvimento pelo movimento que publicamos este livro, resultado de longa experiência junto a crianças de poucos meses.

Originou-se da pergunta: Devemos deixar ao acaso, ao instinto, à inspiração do momento, o cuidado de desencadear, reforçar, corrigir as aquisições motoras da criança, quando é possível – num clima de brinquedo e de segurança – aproveitar todas as ocasiões para dar-lhe os meios de progredir e adquirir autonomia?

Podemos prepará-la para dominar a posição sentada, tonificando-lhe a musculatura; para a conquista da posição de pé, fazendo com que ela perceba o papel e o apoio dos pés; para o andar, facilitando-lhe a busca de equilíbrio.

Não se trata de obrigá-la e menos ainda de "superestimular". Trata-se – adaptando-nos a seu ritmo e personalidade – de favorecer-lhe o desabrochar, de deixá-la à vontade no próprio corpo, de "**acompanhar**" num certo sentido o seu desenvolvimento.

Esta **modificação** – mínima fundamental – na educação da criança é desejável. É possível aqui e agora. Não custa tempo nem dinheiro. Mas obriga a uma mudança radical de nossos hábitos, a uma transformação do comportamento dos pais ou de seus substitutos.

Tal modificação deverá atingir **todos** os gestos da vida quotidiana: o modo de carregar a criança, de trocá-la, de dar-lhe banho, comida, de brincar com ela... Será necessário aproveitar todas essas "situações" para estimular e suscitar a atividade espontânea da criança. Isso será possível se falarmos com ela, explicando-lhe o que se espera dela, apelando para a sua participação, interferindo o menos possível, procurando não perturbar sua atividade espontânea, dando-lhe tempo para mudar de posição, prolongando os movimentos que ela esboça, deixando-a explorar e descobrir o seu mais bonito brinquedo: o próprio corpo.

Agir desse modo – nossa experiência diária o atesta – faz com que se consiga, do bebê normal ou deficiente, resultados quase sempre surpreendentes.

Esta educação motora contribui não apenas para prevenir deformações, corrigir a má postura e consolidar as aquisições motoras, mas é também um extraordinário fator de equilíbrio da criança: acalma-lhe a angústia e dá-lhe algo de inestimável, que é o sentimento de **segurança**.

Acresce a ação dos pais e educadores de mais um atrativo. A tal ponto que esse "jogo do desenvolvimento" – composto de contato carnal, diálogos carinhosos, gratificações recíprocas, estímulos – enriquece a relação adulto-criança, aprofunda a simbiose mãe-filho.

Convém acrescentar que trabalhos recentes de neurofisiologia parecem trazer à nossa intuição, à nossa experiência quotidiana de contato com crianças, a base teórica, a confirmação científica que lhe faltavam.

A maturação **pós-natal** do sistema nervoso reveste-se, no homem, de importância e duração consideráveis.

Se os efeitos de um meio rico de estímulos sobre a organização do córtex cerebral, sua riqueza de conexões, são ainda objeto de controvérsias, um fato é indiscutível: ele é extremamente sensível às condições do meio ambiente físico, social e cultural.

Eis por que não basta amar e alimentar uma criança... É preciso compreender e saber que suas atividades motoras concorrem para o desenvolvimento do cérebro e são indispensáveis à organização do sistema nervoso. A ausência de estímulos acarreta a perda definitiva de funções inatas.

Para tornar mais claro o que vamos apresentar, distinguimos quatro períodos de desenvolvimento, cujas idades cronológicas são apenas indicações aproximadas. A cada tipo de criança corresponde um perfil de evolução.

Primeira fase, até os três meses: período em que a educação motora será essencialmente baseada na descontração.

Segunda fase, de três a seis meses: período de ginástica de preparação para a posição sentada.

Terceira fase, de seis a doze meses: período de movimento global, de aquisição da posição sentada, de preparação à posição de pé.

Quarta fase, de nove a quinze meses (e além): período de jogos, de aquisição da posição de pé, de preparação à independência.

A cada uma dessas fases corresponde uma grande variedade de movimentos. Cabe a cada pessoa escolher – e adaptar – os movimentos mais convenientes à criança e à pessoa que toma conta dela. Serão acompanhados – num ambiente calmo e descontraído – de palavras, canto, ritmo, música. A criança reagirá muito em breve aos estímulos verbais, incitamentos, à mínima entonação e mímica... Ela vai aguardar, vai antecipar suas reações, sorrisos... Ela vai retribuir.

Esperamos que – por sua apresentação simples – o livro possa trazer-lhe ajuda e segurança.

Acreditamos que contribuirá com algo de essencial para o desenvolvimento da criança – desenvolvimento físico, afetivo e intelectual.

Material

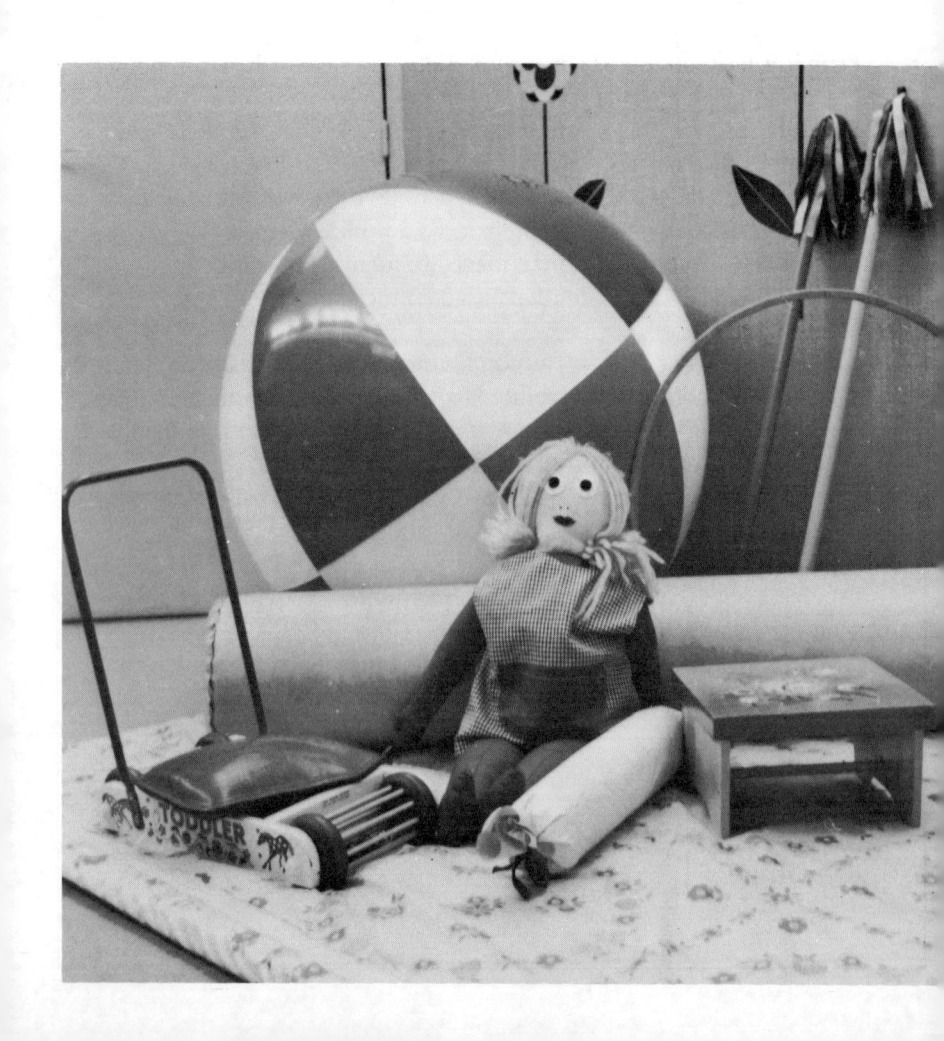

Duas almofadas cônicas, cheias de paina ou feitas de espuma de *nylon* (ver desenho): uma com 5 cm de altura, a outra com 8 cm de altura, a serem usadas de acordo com o tamanho da criança; ou, em vez disso, toalha felpuda enrolada.

Duas almofadas cilíndricas: uma com 18 cm de diâmetro por 60 cm de comprimento, a outra com 25 cm de diâmetro por 1 m de comprimento, ...ou então um cilindro de plástico.

Para confeccionar as almofadas: procure um canudo de papelão; pegue uma tira de espuma de *nylon* cuja espessura corresponda ao diâmetro desejado; aplique cola forte nas pontas da tira de espuma, no sentido do comprimento; deixe secar; cole borda com borda em volta do canudo de papelão; recubra os cilindros com tecido lavável ou plástico.

As almofadas

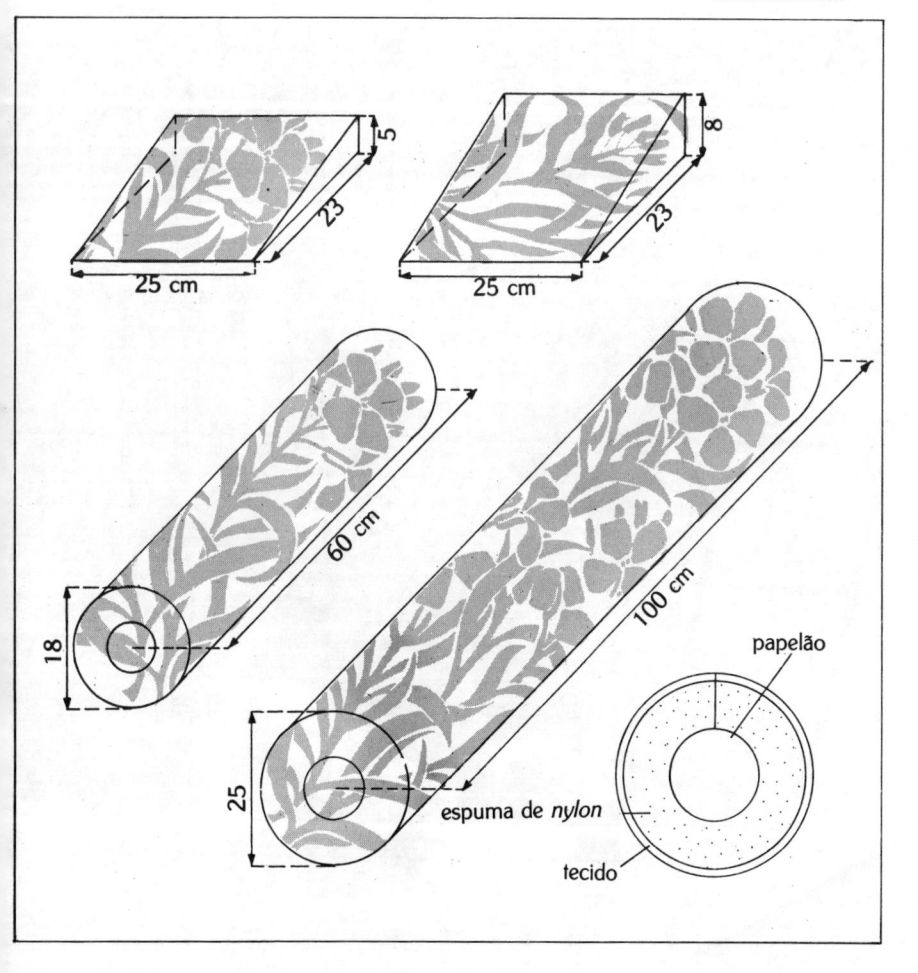

Uma boneca de pano do tamanho de uma criança de um ano, para aprender a manejar o corpo da criança, para perder o medo de lidar com ela (ver molde abaixo).

Uma bola de praia grande e leve, um pouco esvaziada, de 80 cm de diâmetro, ...ou então os joelhos ou a barriga da mamãe.

Dois bastões (cabos de vassoura cobertos com papel colante e enfeitados com fitas ou guizos) que preparem para o andar independente.

Um carrinho sobre rodas cuja alça de direção deve ser da altura dos ombros da criança. Colocar no carrinho um peso equivalente ao da criança: para prepará-la para andar, ...ou então usar um banquinho de cozinha.

Um arco para a preparação do andar, para a passagem do engatinhar para a posição de pé, para o andar lateral, ...ou então um cinto.

Modelo da boneca

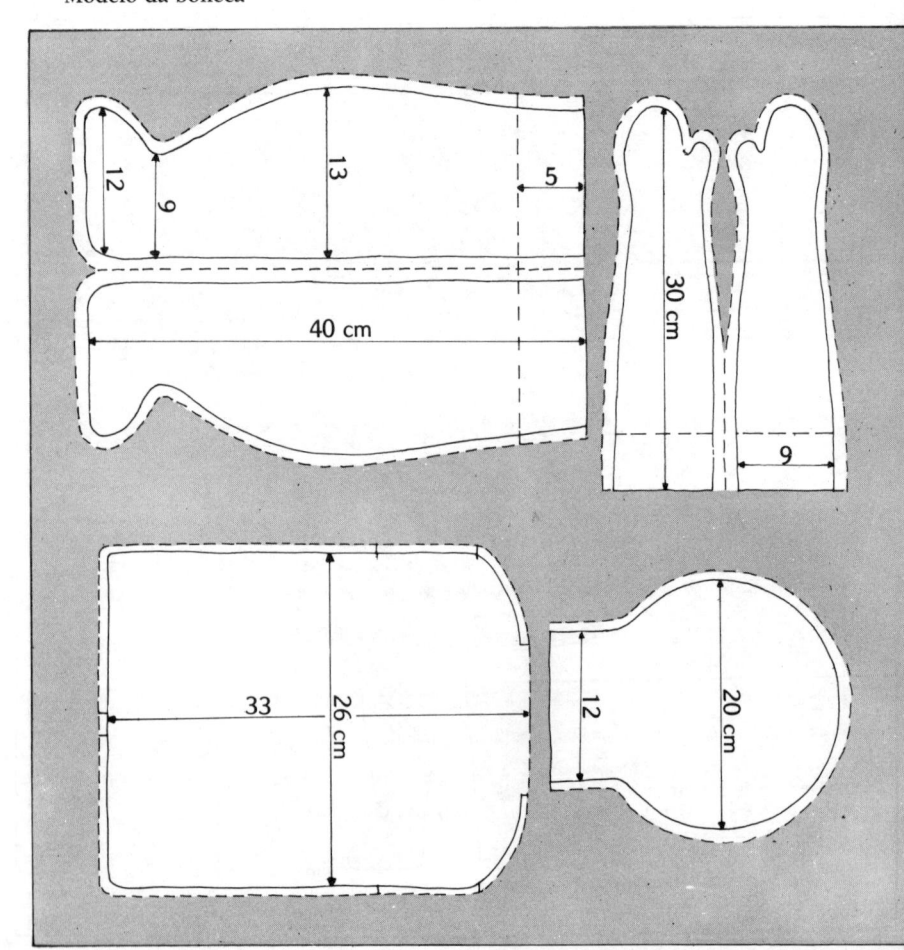

Um banquinho de madeira, sem encosto, de 13 a 15 cm de altura e com assento de 30 a 35 cm de lado, ...ou então uns dicionários.

Uma escova de dentes oval com cerdas de seda.

Um espelho: a criança vai-se conhecer, se reconhecer, perceber seus próprios gestos e mímicas. Colocá-lo a 30 cm do chão; que seja bastante grande para que você possa controlar os movimentos da criança.

Uma mesa de 1 m de largura coberta com um tapete de borracha macio ou com uma espuma de *nylon* de 3 cm de espessura e com 1,50 m de lado, forrada com tecido plastificado, ...ou um cobertor no chão.

Vários brinquedos, de acordo com a idade da criança. **Um lugar arejado**, à temperatura de 20-22°.

Música alegre, animada mas suave, como fundo.

A boneca de pano

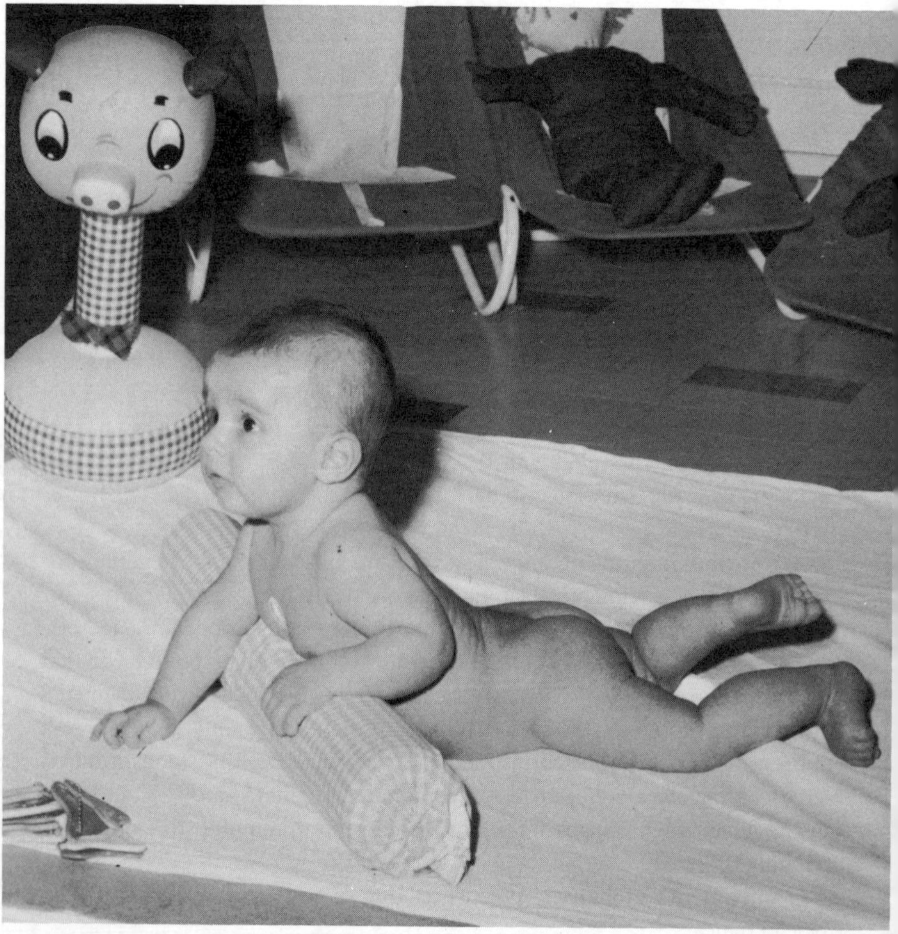

Primeira fase:
Até os três meses

Durante este período, a vida do recém-nascido é ritmada pelo sono e pela alimentação, ritmo que deve ser respeitado.

Desde esta idade a personalidade de cada um se revela.

Alguns são muito vivos (os hipertônicos), outros de reação lenta (os hipotônicos). Mas todos têm necessidade de carícias, de palavras ternas, de estímulos, de movimento.

O que você pode fazer com o seu bebê?

A descontração: Nesta idade é o que há de mais importante. O corpo do bebê mostra-se muito rígido, braços e pernas dobrados, punhos cerrados; depois dos movimentos de descontração global e analítica, os membros e o corpo conseguirão relaxar-se: A mão do pai é especialmente tranqüilizante, a criança dormirá melhor e chorará menos. Você pode tentar essa descontração depois do banho, antes de deitar ou se o bebê chora muito... uns cinco ou dez minutos devem bastar.

Alguns movimentos de ginástica: O termo ginástica pode parecer impróprio porque os "movimentos" são de fato reflexos musculares que correspondem a um estímulo. Mas se cada estímulo é acompanhado por um encorajamento, se a cada resposta da criança você mostrar, pelo olhar, gesto e voz, seu contentamento, bem depressa a criança vai compreender o que você lhe pede. O diálogo começou. Essa resposta reflexa, e portanto involuntária, tornar-se-á em breve resposta real que corresponde à sua expectativa. Esses poucos movimentos desenvolverão a capacidade respiratória, facilitarão a digestão, dando um movimento regular aos intestinos, tonificarão o conjunto dos músculos abdominais.

O movimento global: O virar/revirar que se pode fazer cada vez que se troca a criança.

Sugestões para a vida quotidiana

Todas as crianças têm necessidade de calma, de regularidade, e é preciso descobrir o ritmo que mais convém a cada uma. Evite os movimentos bruscos, rápidos ou sacudidos. Apreenda bem os exercícios treinando primeiro com a boneca de pano, na frente do espelho, a fim de obter o controle perfeito dos seus gestos. Você só possibilitará a descontração de seu filho se você mesma estiver descontraída, disponível. Não há nenhuma obrigação para estas atividades motoras. Não se trata de um "trabalho": é preciso ter vontade de brincar com a criança, gostar deste jogo partilhado.

O que você deve saber

Como carregar a criança? Ora no braço direito, ora no braço esquerdo, a cabeça e o corpo da criança devem estar completamente amparados. Logo depois, apoiá-la no quadril, segura pelos joelhos e pelo peito, com o rosto voltado para o lado de fora.

Como deitá-la? Mudá-la freqüentemente de posição durante o dia, exceto quando estiver dormindo. Colocar a criança de lado, de costas, de bruços. A posição de bruços é recomendada desde as primeiras semanas (sem nenhum travesseiro para dormir). Ela vai logo levantar a cabeça e começará desse modo a exercitar as costas e a nuca. Estando com as mãos ocupadas a apalpar o chão, o polegar procurará menos vezes a direção da boca, ocupação favorita das crianças deitadas de costas.

Como falar com ela? Fique bem perto da criança, fale com ela, cante baixinho, devagar. Desde os primeiros dias vá lhe explicando o que você vai fazer.

Brinquedos: Um móbile brilhante acima da cama, um chocalho sonoro, musical, uma fileira de bolas coloridas atravessando a largura da cama. Não mudar os brinquedos de lugar, que a criança vai encontrá-los mais depressa.

O espaço: Como a criança dorme muito, a cama será o lugar privilegiado. Quando estiver acordada, no chão, num tapete.

Cuidados de higiene: Os gestos devem ser muito suaves. Evitar as bruscas mudanças de situação, sustentar-lhe a cabeça. Servir-se do movimento esboçado pela criança para continuá-lo na mesma direção.

descontração global

Posição. Colocar a criança nua, de costas, sobre a bola não muito cheia ou sobre a mesa coberta com o tapete de espuma de *nylon*.

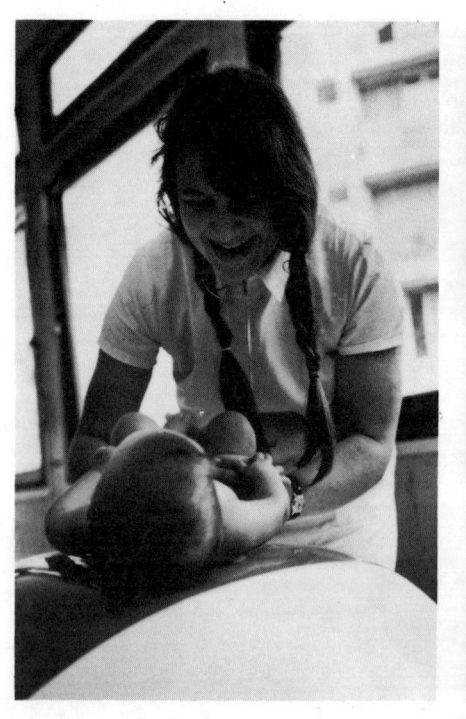

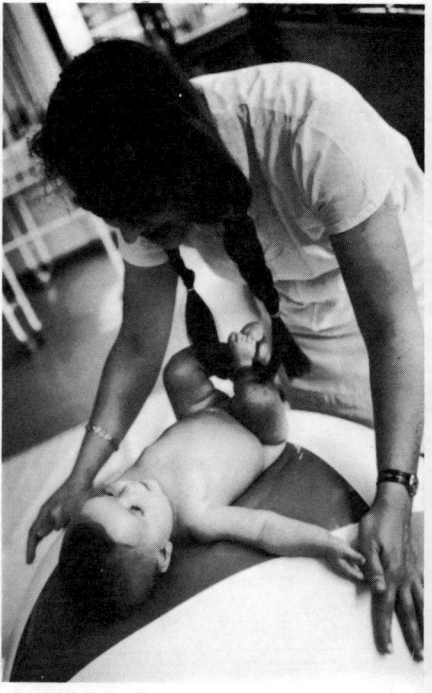

Através de batidinhas regulares, lentas e dadas muito suavemente na bola ou na própria criança, obter o relaxamento do corpo (braços, pernas, nuca e costas).

Precauções. A criança deve estar sem roupa, sendo indispensável a aderência proporcionada pelo contato direto da pele com a bola. Saber solicitar e esperar suas reações.

Finalidade. Distensão corporal. Familiarizar a criança com a bola. Fazer com que ela se habitue com a bola através da vista, do tato, a fim de evitar-lhe qualquer sentimento de insegurança no momento dos exercícios.

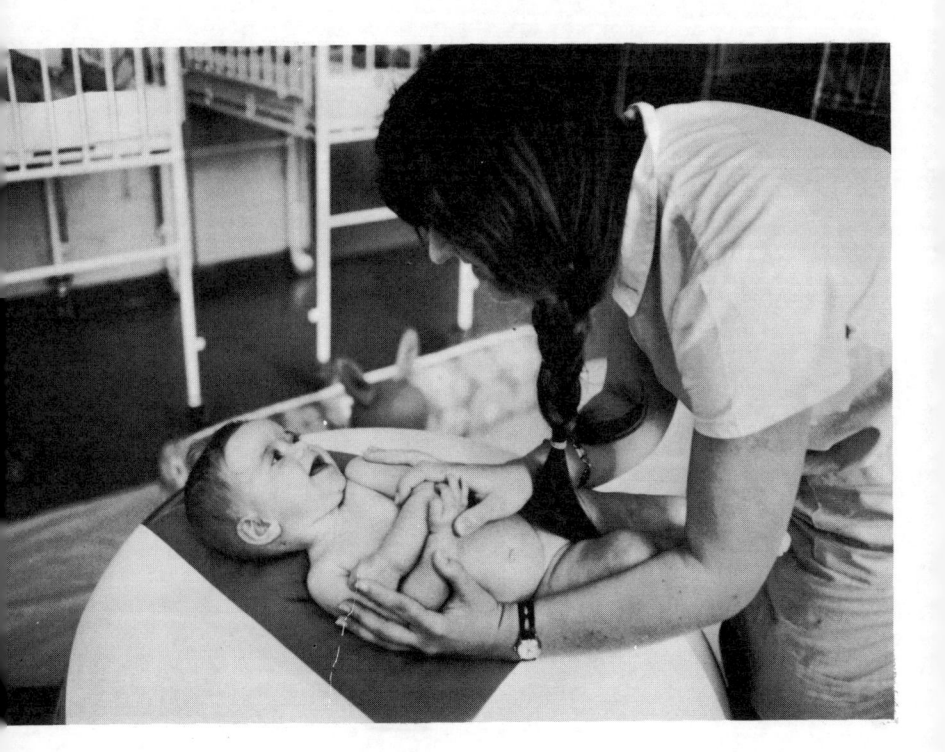

abertura da mão

Posição. Deitar a criança de costas no chão ou sobre uma mesa coberta com um tapete de espuma de *nylon*.

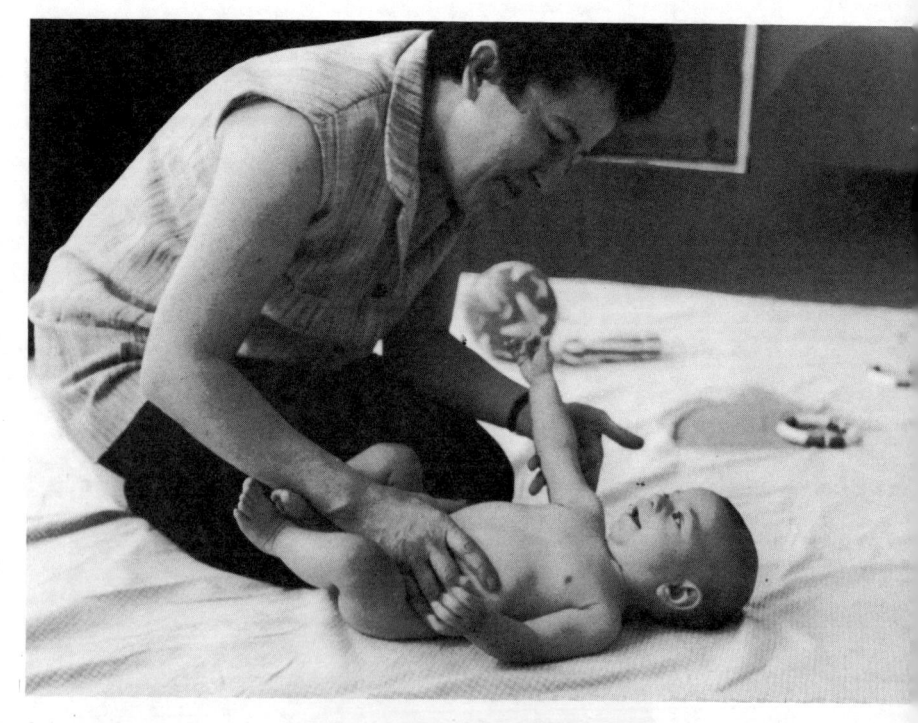

a

Começar a distendê-la desde o ombro (**a**), descer progressivamente até a mão, com ajuda de palmadinhas regulares (**b**), repetir o movimento por toda a parte inferior do braço (**c**). Quando a criança abrir a mão, distender o outro braço, a outra mão; fazer com que ela acaricie o próprio corpo, o rosto, o rosto da mãe, a mão da mãe...

Precauções. Preste atenção no modo como você segura o braço: no meio dos ossos longos. Nunca "puxar". Não esticar nenhuma articulação. Saber esperar e conseguir o relaxamento muscular; sua mão e seu braço devem estar bem maleáveis.
Finalidade. Obter a abertura da mão através da descontração do ombro.

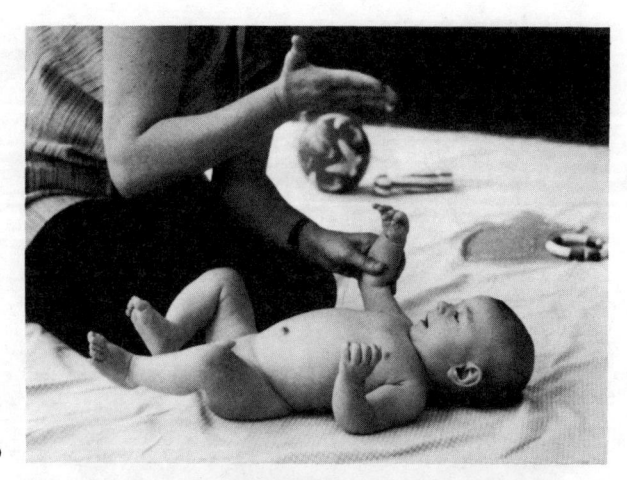

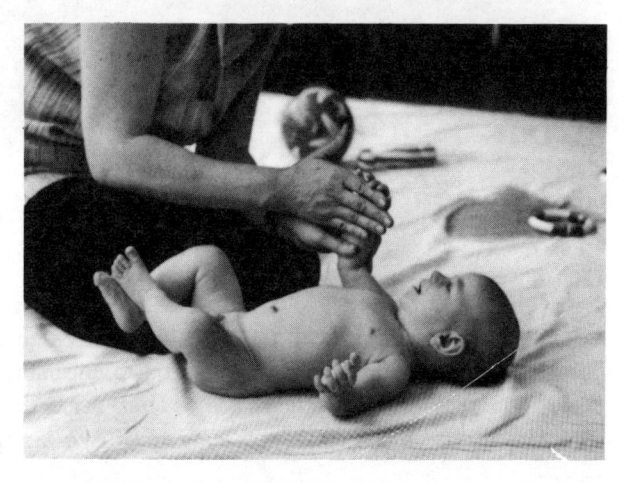

b

c

cruzamento dos braços

Posição. Deitar a criança de costas no chão ou sobre uma mesa.

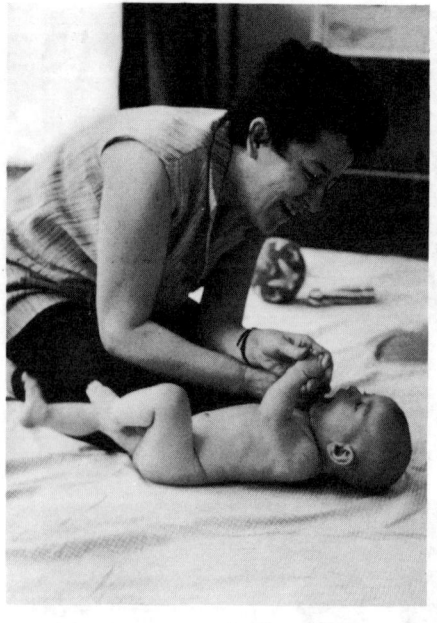

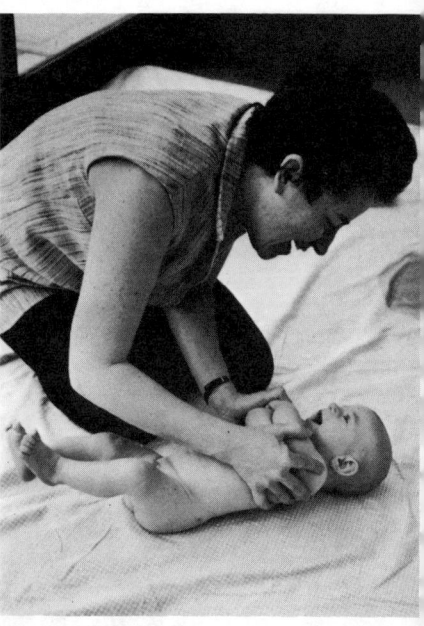

a b

A mãe (de braços cruzados) segura os antebraços da criança (**a**). Trazer devagar, pelos movimentos de descontração, as mãos da criança até os ombros opostos, cruzando-lhe os braços (**b**). Fazer com que a criança sinta o contato do próprio corpo, acaricie os ombros, o tórax, o rosto.

Precauções. Preste sempre atenção no modo como você segura os braços e na leveza de movimentos.
Finalidade. Tomar consciência do corpo. Relaxamento.

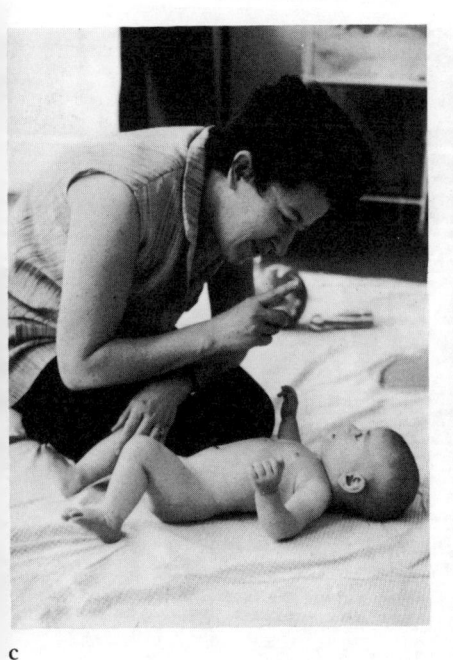

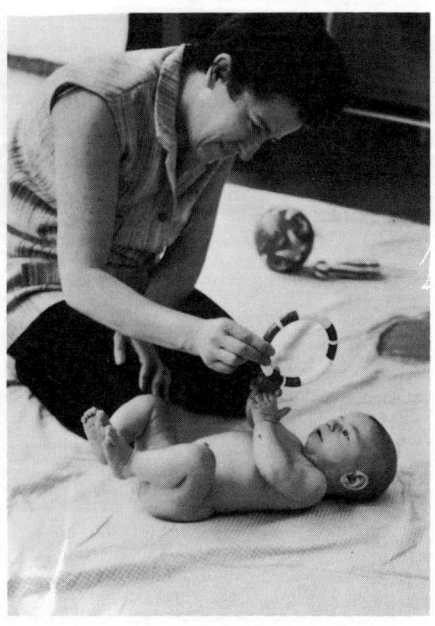

c

d

Distender suavemente as mãos da criança (**c**), estender-lhe um brinquedo (**d**), deixar que ela o manipule e olhe: um dia ela vai segurá-lo.

descontração dos braços

Posição. A criança deitada de costas no chão, na bola ou na mesa.

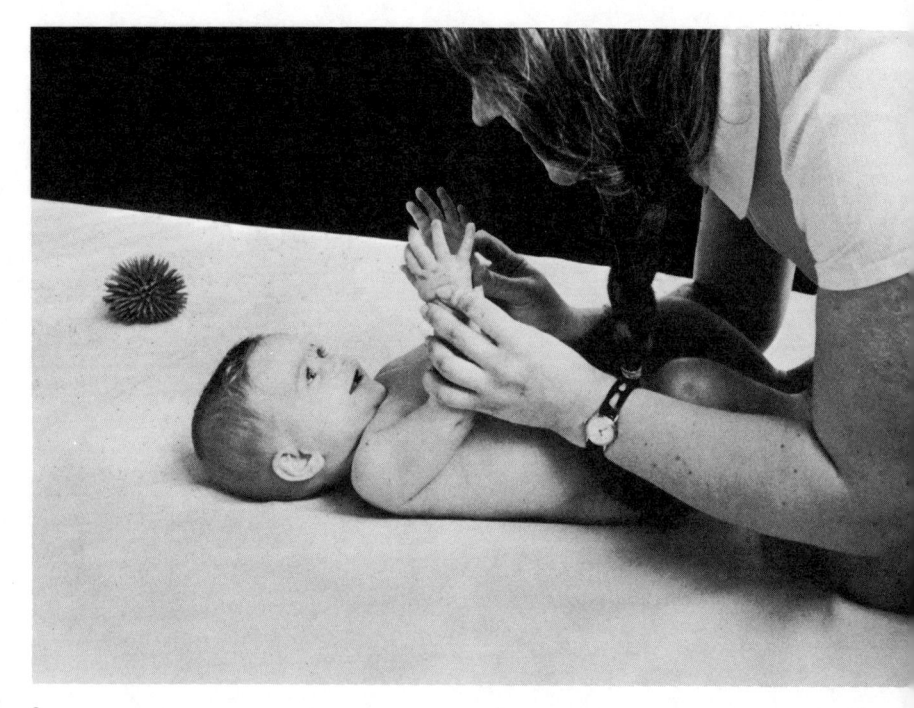

a

Deixar que a criança pegue seus polegares ou segurá-la pelos antebraços: estender-lhe os braços para a frente (**a**) e depois abaixá-los lateralmente, em cruz (**b**).

Precauções. Os braços devem ficar completamente esticados na altura dos ombros e levados delicadamente à posição dos braços em cruz.
Finalidade. Obter a extensão completa dos braços.

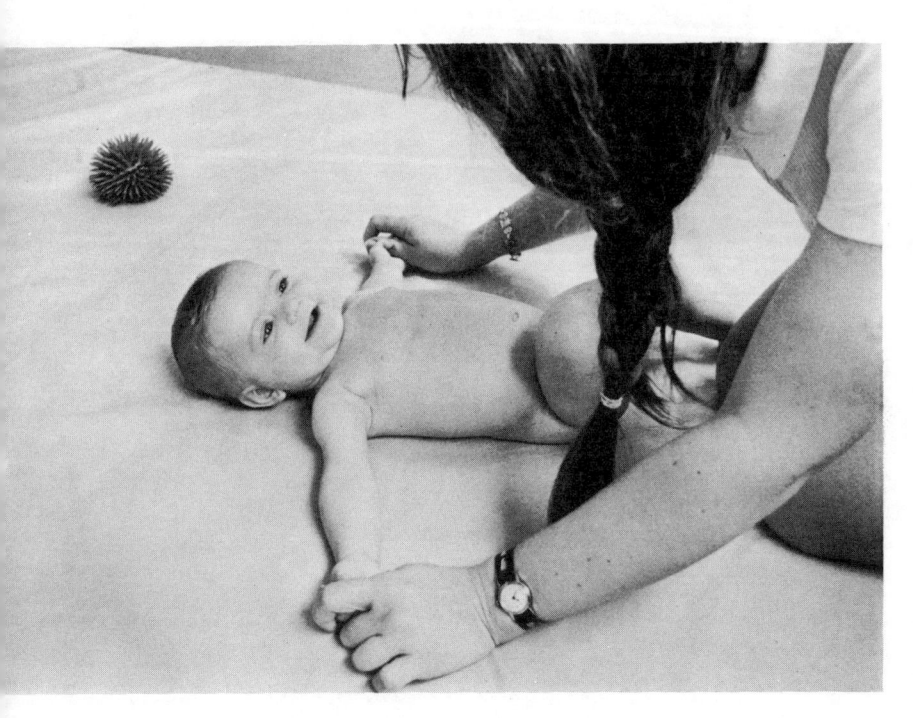

b

descontração das pernas

Posição. A criança deitada de costas no chão ou na mesa.

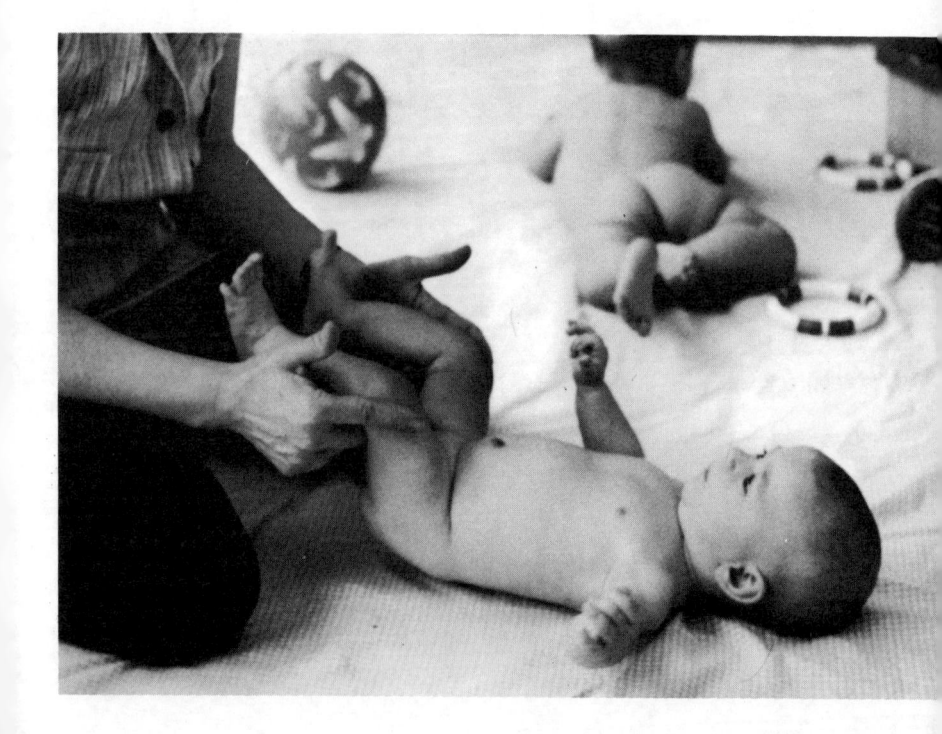

Segurar as pernas um pouco abaixo da articulação do joelho, balançá-las de leve.

Finalidade. Obter a extensão das pernas e alongamento dos músculos.

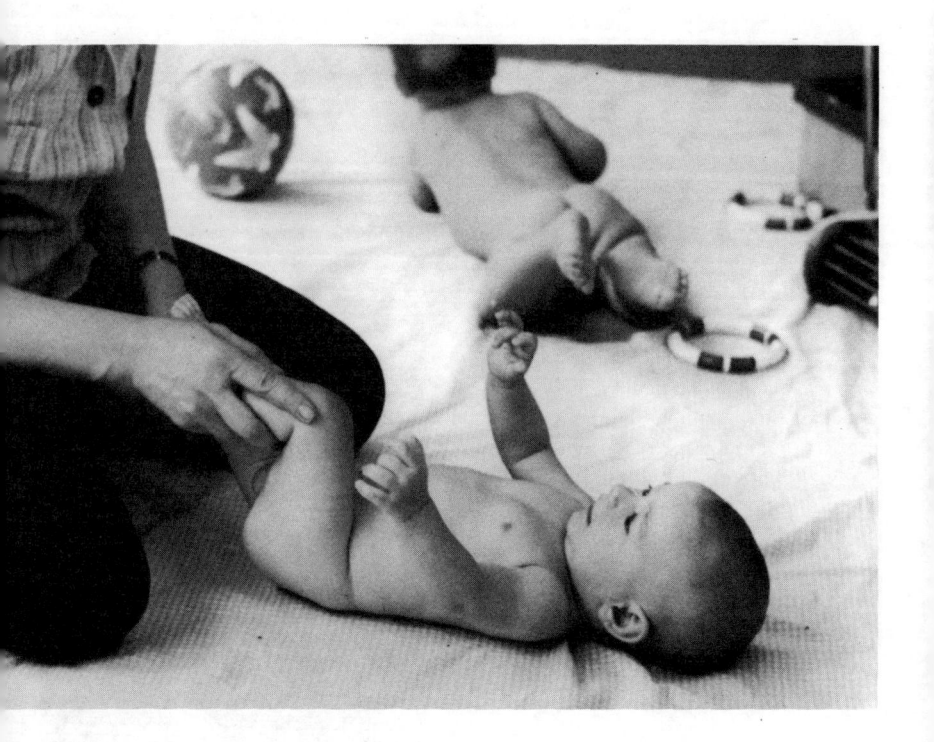

Alternativamente, por meio de tapinhas e de balanços, levar um joelho em direção ao peito e, depois, o outro.

extensão das pernas

Posição. A criança deitada de costas, no chão ou na mesa, com as pernas juntas.

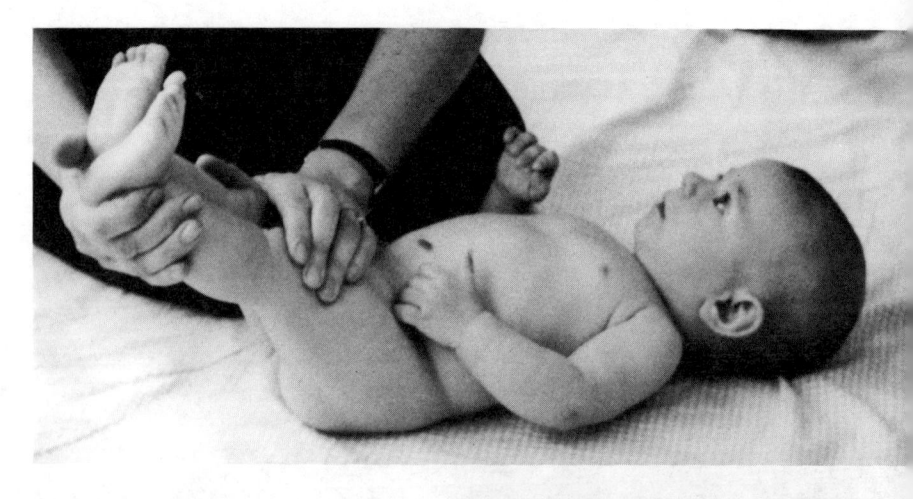

Com uma mão segurar a barriga das pernas e, com a outra sobre os joelhos, fazer progressiva e delicadamente com que as pernas se estendam horizontalmente.

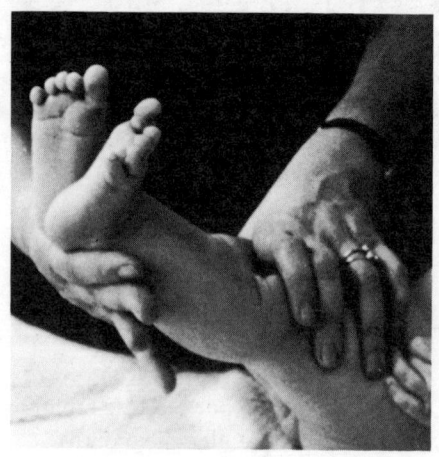

Precauções. Prestar atenção na posição da bacia; toda a região lombar deve ficar encostada na mesa. Nunca forçar as possibilidades do bebê, pois é normal que a flexão dos membros inferiores vá diminuindo no decorrer dos primeiros meses.
Finalidade. Tornar mais flexíveis e mais longos os músculos das pernas.

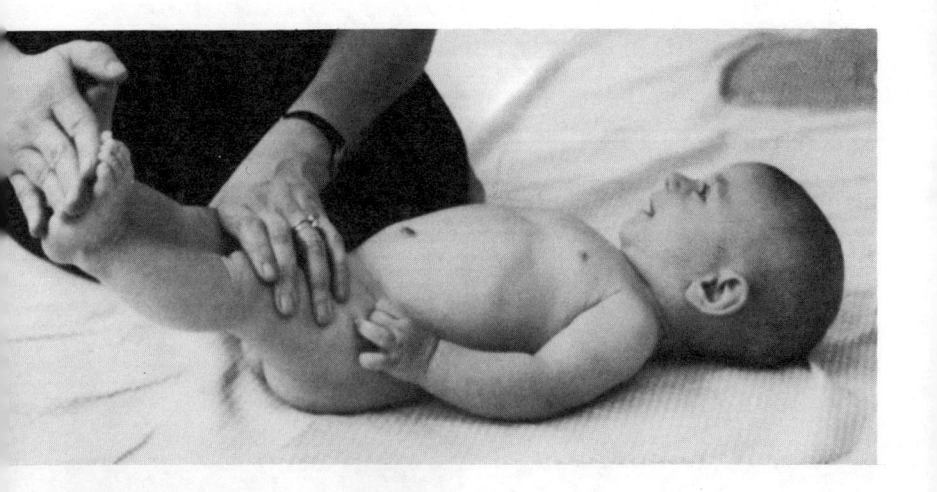

Colocar uma mão embaixo da planta dos pés (tornozelos em ângulo reto) e a outra por cima dos joelhos; estender pouco a pouco as pernas fazendo um movimento de baixo para cima, mas sem ir até o chão.

adução das pernas

Posição. A criança deitada de costas, no chão ou na mesa.

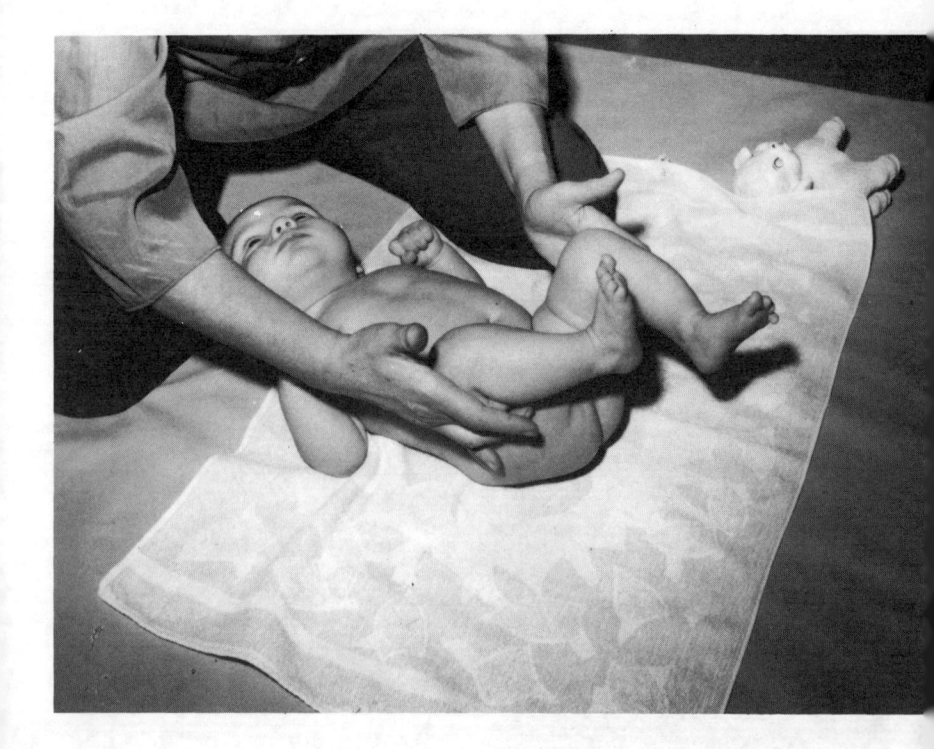

Com as mãos colocadas em arco por baixo dos joelhos (**a**), através de balanços muito lentos e brandos, a mãe conduz progressivamente ao alongamento e afastamento das pernas (**b**).

Precauções. Nunca forçar se houver resistência. Saber esperar o relaxamento.

Finalidade. Tornar mais flexíveis, mais longos e mais relaxados os músculos internos da coxa.

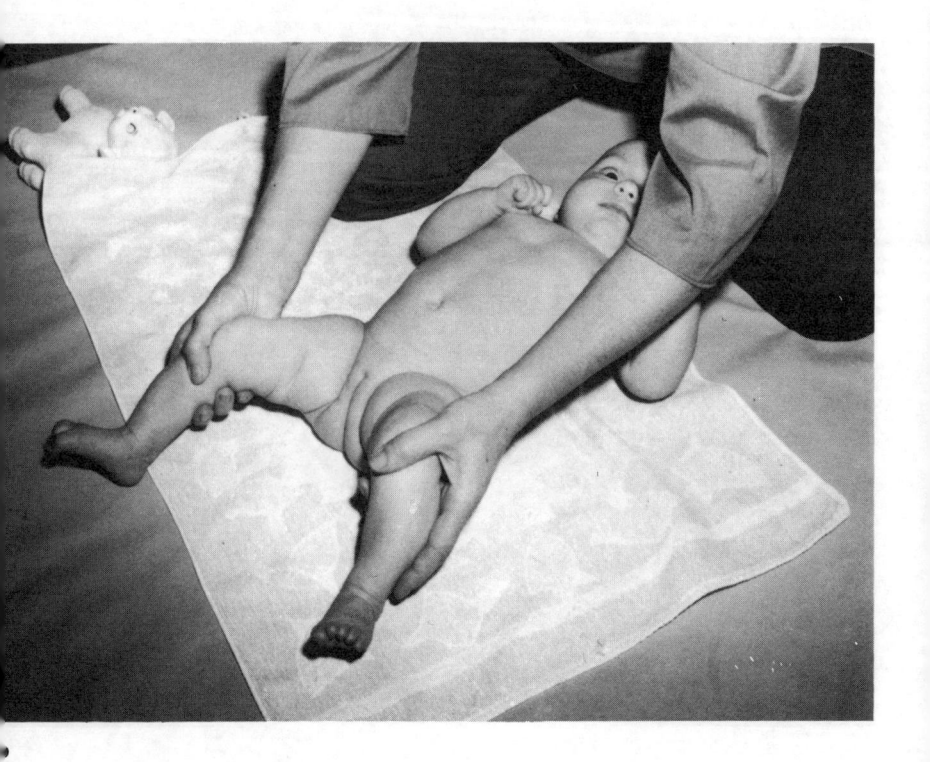

jogo do rolo

Posição. No chão ou na mesa, deitar a criança de bruços com os braços por cima do rolo menor.

Segurar a criança pelas coxas e pela bacia, empurrá-la levemente num movimento de vaivém. Atrair-lhe a atenção por meio de um brinquedo.

Precauções. Sustentar a bacia ligeiramente.
Finalidade. Libertar os braços.

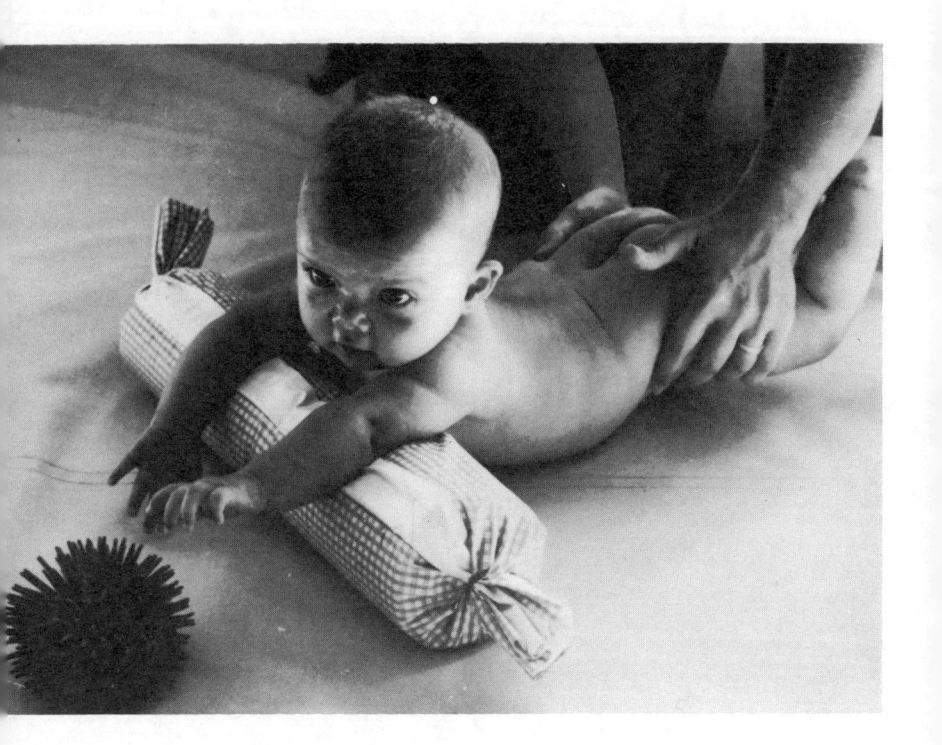

movimentos dos pés

Posição. A criança deitada de costas. Segurar pelo cabo a escova de dentes com cerdas de seda.

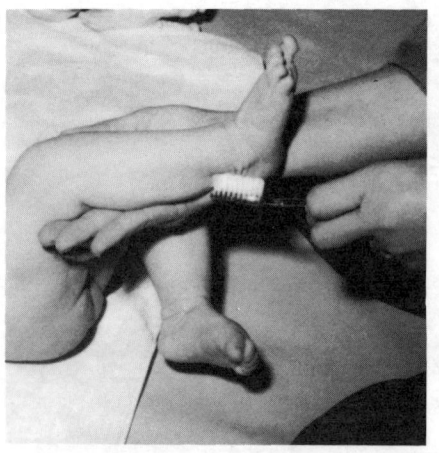

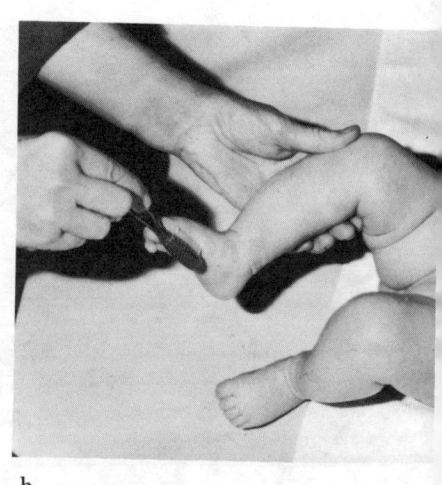

a

b

(a) Provocar uma excitação ao longo da face externa da perna; passar a escova por trás do tornozelo, a fim de obter um movimento de endireitamento e rotação do pé para o lado de fora.
(b) Excitar em seguida a face interna da perna, de modo a obter um movimento de rotação para o lado de dentro.

Precauções. Cada movimento pode ser feito quatro ou cinco vezes por dia, antes do banho, por exemplo.
Finalidade. Tomar consciência do corpo no nível dos pés. Tonificar os músculos do pé.

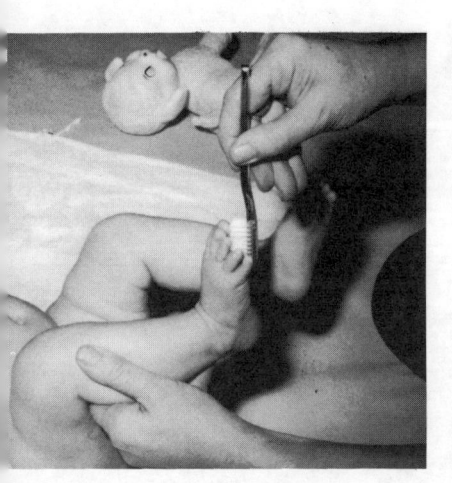

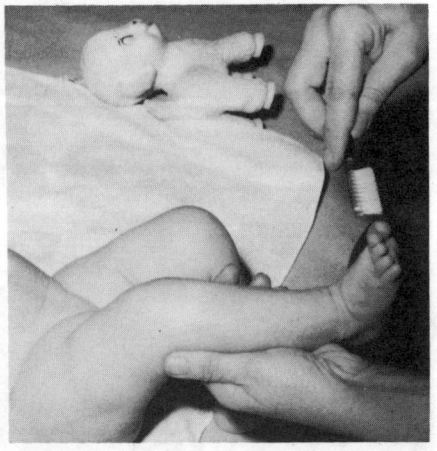

c

d

(c) Quando você passar a escova sob a planta do pé, a criança abaixará o pé, crispando os dedos.
(d) Em seguida, passar a escova no peito do pé: a criança erguerá o pé e os dedos.

movimentos abdominais

Posição. A criança de costas, no chão ou na mesa.
Finalidade. Tonificar os músculos abdominais.
Fazer com a unha, sobre a barriga da criança, uma série de traços nítidos e precisos em volta do umbigo. Cada passagem da unha deve provocar, como resposta, uma contração abdominal.

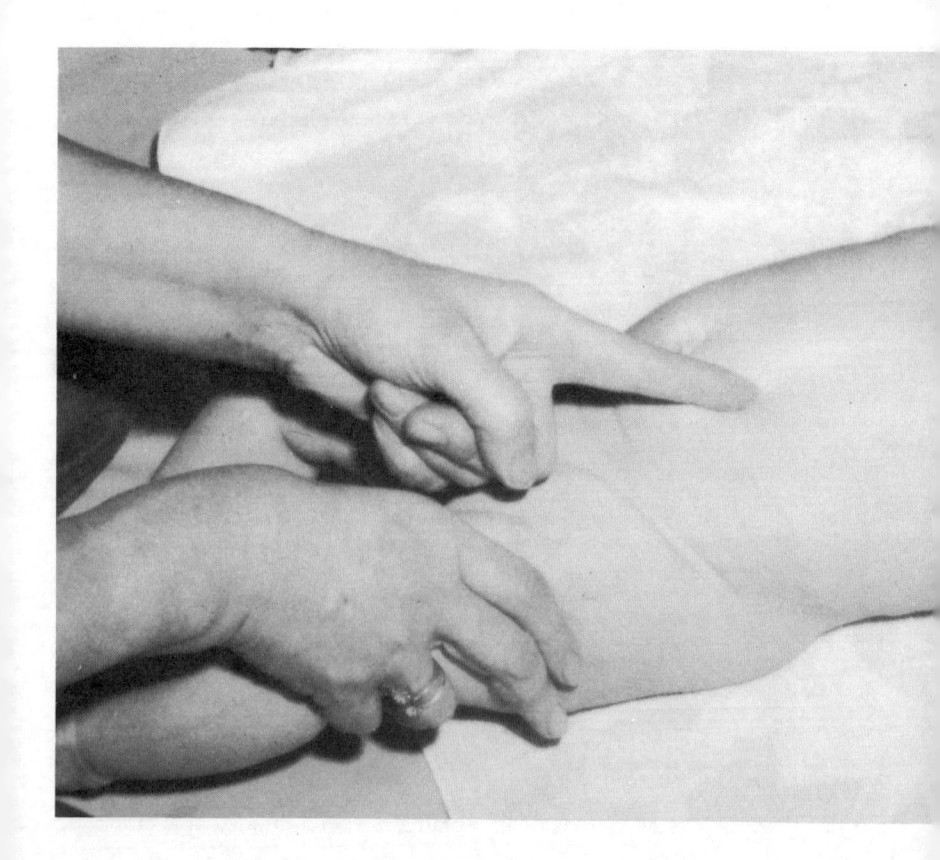

Precauções. Após cada traço, esperar pela reação da criança.

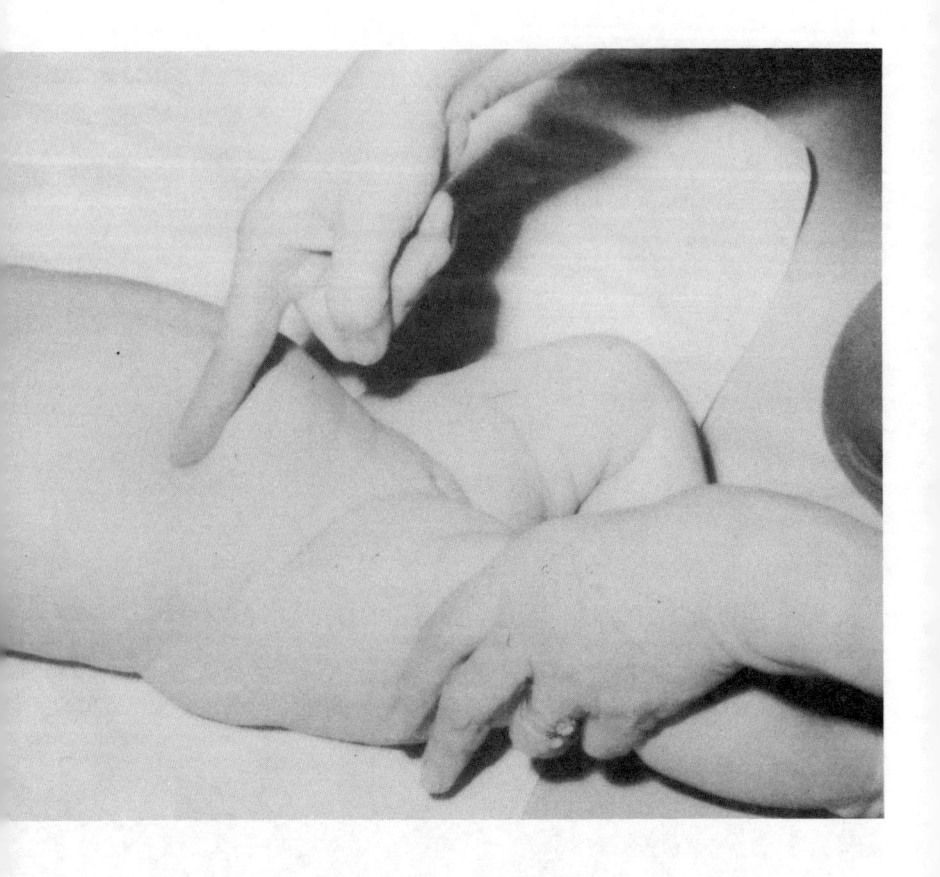

Posição. A criança deitada de costas, no chão ou na mesa.

Finalidade. Regularizar as funções intestinais. Tonificar os músculos abdominais.

Segurar com a mão inteira, delicada mas firmemente, toda a massa abdominal. Deve-se sentir que a criança encolhe a barriga: retirar a mão imediatamente. Estimular a criança pela voz e gesto, a fim de conseguir sua colaboração. Mostrar aprovação quando ela consegue.

Precauções. Fazer estes exercícios quatro ou cinco vezes na hora do banho. No caso de prisão de ventre ou de hérnia umbilical, fazer de cinco a dez vezes, a cada troca de fraldas.

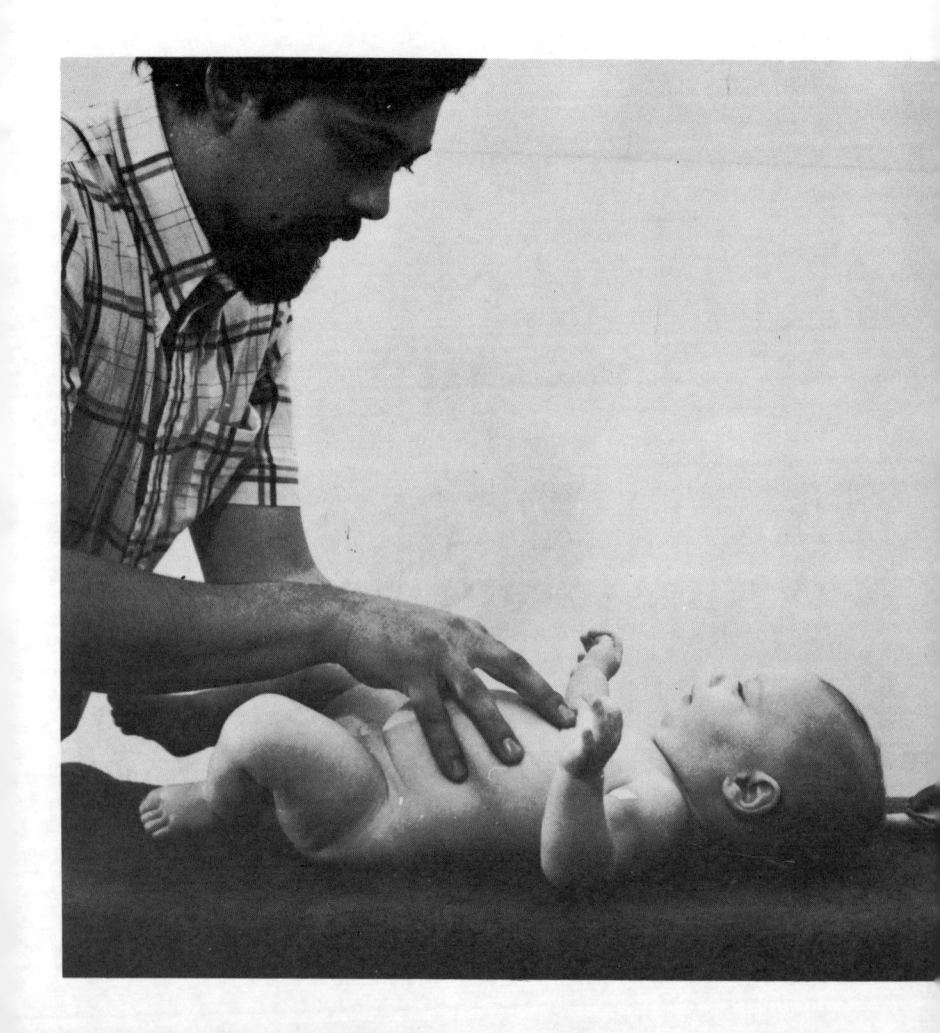

movimentos respiratórios

Posição. No chão ou na mesa, a criança deitada de costas com as pernas dobradas.
Finalidade. Aumentar a amplitude respiratória. Usar a respiração costal e fazer funcionar o diafragma.

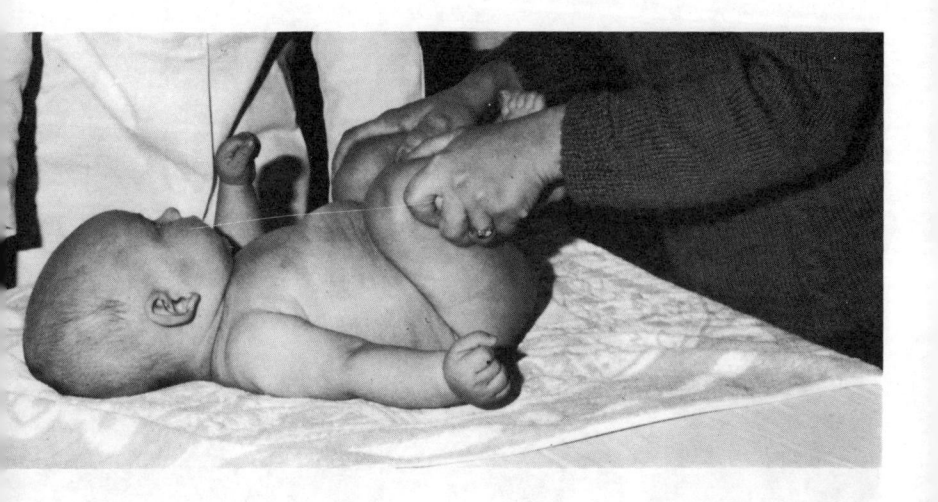

Fazer com os joelhos da criança uma leve pressão sobre sua barriga, provocando assim a contração dos músculos abdominais. Esperar que a criança solte a respiração através de uma grande expiração; relaxar a pressão. A criança retoma a respiração. Repetir quatro ou cinco vezes.
Precauções. Manter a pressão sobre os músculos abdominais apenas por alguns segundos.

movimentos dorsais

Posição. Num tapete de espuma de *nylon*, pôr a criança de bruços sobre a almofadinha cônica.
Finalidade. Tonificar os músculos dorsais. Dar à criança a possibilidade de brincar, de apalpar o chão com as mãos.

A criança se apóia nas mãos ou nos antebraços. Fazer-lhe uma carícia nas costas para que ela erga a cabeça e as costas.
Precauções. Escolher uma almofada proporcional ao tamanho da criança. Evitar a curvatura lombar.

Posição. Segurar a criança de encontro a si, com uma mão sustentando-lhe os joelhos e com a outra o busto. O espelho permite que a mãe verifique a posição de suas mãos e as reações da criança.
Finalidade. Reforçar os músculos da nuca e das costas.

Fazer com que o ângulo de inclinação esteja de acordo com a força da criança. Atrair-lhe a atenção para que ela erga as costas.

virar/revirar

Posição. Deitar a criança de costas num tapete de espuma de *nylon*.

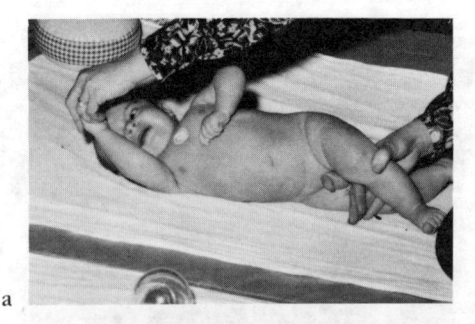

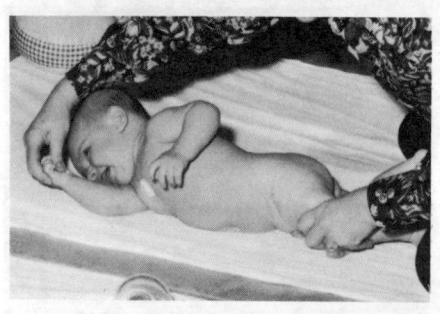

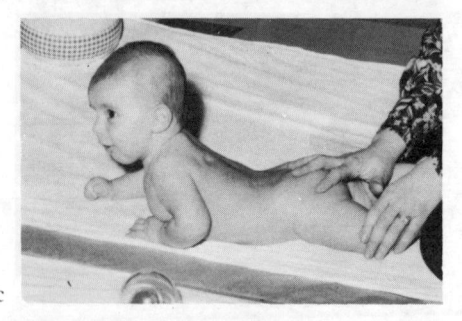

Passagem da posição de costas à posição de bruços.
Com a mão direita da mãe colocada em arco sob o joelho esquerdo dobrado da criança, manter com o punho a perna direita esticada no chão (**a**); dobrar-lhe o quadril esquerdo, levantar a nádega esquerda imprimindo-lhe um movimento de rotação para o lado direito. Com a mão esquerda colocar o braço direito da criança estendido para cima (**b**). Continuar o movimento de virar sobre a barriga (**c**), solicitando a participação da criança (dar-lhe tapinhas nas nádegas, atrair-lhe o olhar com um brinquedo) e sobretudo felicitá-la cada vez que ela faz um esforço.

Precauções. Para que a criança fique bem descontraída e segura, experimente os movimentos com a boneca de pano. Mantenha sempre o quadril flexionado.

Finalidade. Esboço do movimento voluntário.

Esse movimento torna-se logo natural. Cada vez que você trocar a criança, que lhe abotoar a roupa nas costas, etc., em vez de virá-la como um bife, procure proceder assim.

Passagem da posição de bruços à posição de costas.
Bem mais fácil. Abaixar o ombro da criança dobrando-lhe o braço direito por baixo do peito (**b**): a volta à posição de costas se realiza quase por si só (**c**). Nas primeiras vezes segurar a cabeça da criança para que não bata no chão.

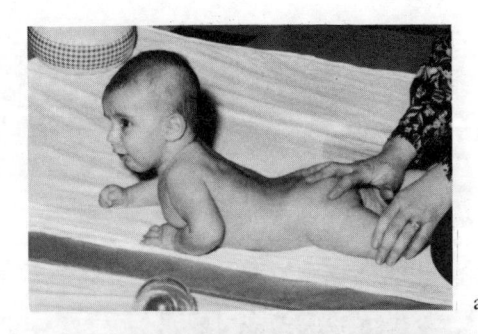

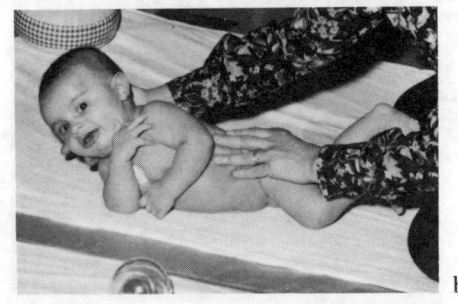

Repetir o mesmo movimento do outro lado. Segurar o joelho direito da criança com a mão esquerda, etc.

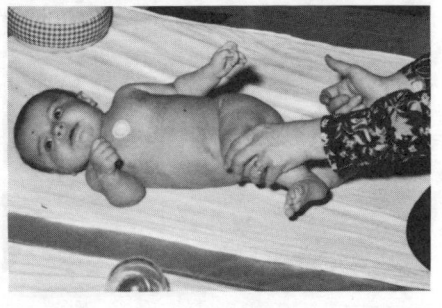

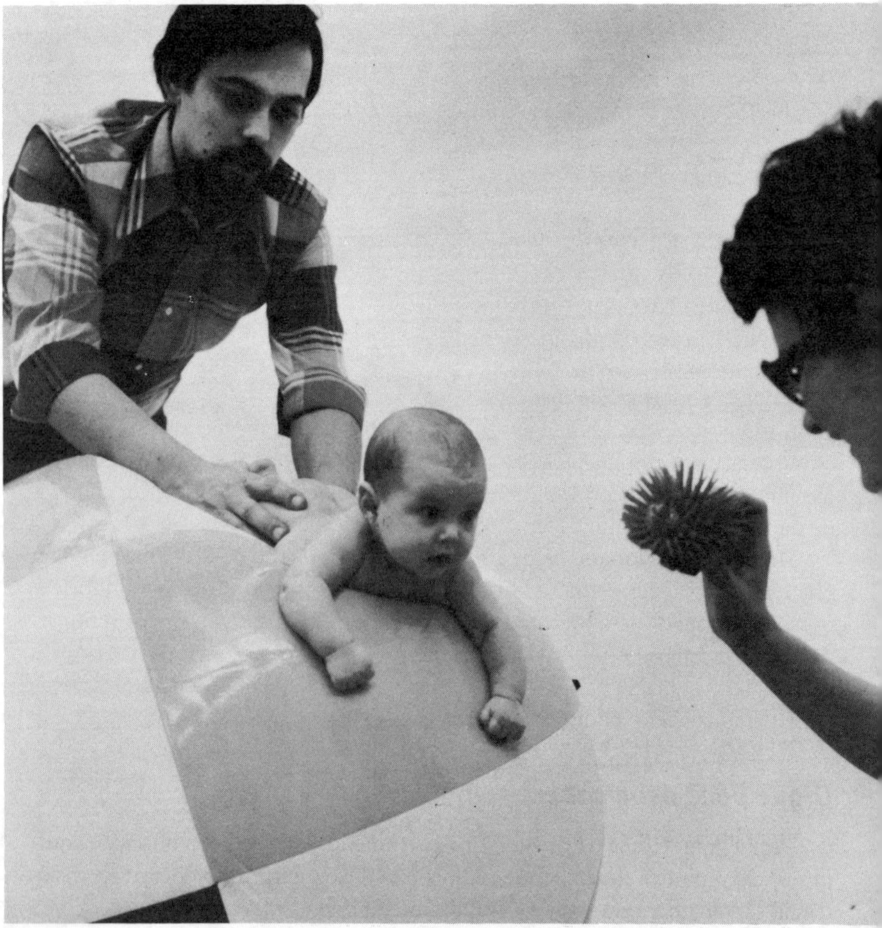

Segunda fase:
De três a seis meses

A contração do corpo diminui, sendo substituída por uma maior tonicidade da nuca e do tronco.

As reações ao mundo exterior são ativas: o bebê vira a cabeça quando ouve barulho, procura com o olhar os rostos, usa os reflexos de equilíbrio, orienta-se no espaço, brinca com o corpo e depois olha a mão; em breve chegará à coordenação entre olhar e preensão.

O que você pode fazer com o seu bebê?

A descontração: A passagem de uma fase para a outra deve ser feita progressivamente. Alguns movimentos podem ser prolongados por várias semanas; por exemplo, a descontração pode ser prosseguida além dos três meses, se a criança continuar hipertônica.

A ginástica: Nesta fase a ginástica é importante. Tem por intuito tonificar a musculatura a fim de preparar para a posição sentada. Convém alternar os movimentos dorsais com os abdominais. Não se deve exceder um certo limite de tempo (de dez a quinze minutos antes ou após o banho).

Movimentos globais: Não se trata mais de um corpo passivo, mas de uma criança com reações próprias. Compete a ela descobrir o próprio equilíbrio e o uso dos pontos de apoio necessários (mão, ombro, pés, ...) para sentir as diferentes posições e, enfim, perceber as reações do seu próprio corpo. Os movimentos globais podem ser continuados se a criança participa deles ativamente; ela não deve contudo chegar a cansar-se.

O que você deve saber

Usar a grande bola de praia. É um instrumento que facilita a busca de equilíbrio. O volume, a flexibilidade (a bola não deve estar muito cheia), a consistência dão segurança à criança. Importante: a criança deve estar nua.

É preciso, entretanto, saber usar a bola (treinar primeiro com uma grande boneca de pano): a técnica será aprendida com rapidez, possibilitando à mãe criar múltiplas situações com um mínimo de cansaço.

Fazer os exercícios diante do espelho para melhor controlá-los.

A criança conhece muito bem os diferentes momentos do dia, os "ritos"; aguardará com prazer a hora da ginástica logo depois do banho.

Nenhum movimento deve ser imposto mas sim, de certo modo, "soprado".

Uma ativa participação será solicitada e conseguida (nunca insistir se houver recusa ou cansaço). Todas estas atividades devem ser motivo de brinquedo, de distensão para ambas.

Ela vai gostar, você vai gostar de sentir-lhe o corpo nu entre as mãos nuas.

As fotos mostram quase sempre a monitora no chão: os movimentos ficam bem mais fáceis e naturais.

Sugestões para a vida quotidiana

Como carregar a criança? Assim que a musculatura fique suficientemente firme, pode-se carregá-la apoiada no quadril, segurando com uma mão os joelhos e com a outra o peito, o rosto da criança ficando voltado para o lado de fora.

Como deitá-la? A cama deve ser grande, de preferência com grades, pois a criança poderá olhar tudo o que a rodeia. Acima da cama pendurar um móbile colorido e brilhante. Ela ficará olhando os movimentos, vai "falar" (arrulhar) sem parar.

Como adormecê-la? Nesta idade o bebê precisa de muitas horas de sono, mas às vezes dificuldades de digestão, uma certa angústia, podem provocar choro, gritos. É importante tranqüilizá-la prontamente mudando-a de posição embalando-a até que se acalme, ou ainda, dando-lhe um objeto (chamado "de transição") suave ao tato (brinquedo de pelúcia, pedaço de pano, etc.). Há crianças que precisam até cobrir o rosto para reconstituir o seu pequeno mundo (reminiscências do ventre materno?).

Como falar com ela? A criança responde ao som das vozes com movimentos dos olhos, da cabeça, e mais tarde com gritos. Na hora da ginástica repetir as mesmas palavras e as mesmas canções para os mesmos movimentos. Dizer à criança tudo o que vai ser feito junto com ela.

Quando se deve sentá-la? Cadeiras muito confortáveis em que a criança fica meio sentada e meio deitada (ainda por cima presa) e onde os pés não podem apoiar-se no chão só devem ser usadas na hora das refeições.

Como vesti-la? Vesti-la com o mínimo possível de roupa: se a temperatura permitir, uma fralda e uma camisinha bem leve e larga, que lhe possibilite mexer-se à vontade.

A hora do banho: Momento privilegiado por excelência. Deixar a criança à vontade. Lavar cada parte do corpo dizendo como se chama: "Agora vamos lavar o pescoço, o cabelo, deixe ver a mão, o pé...". Solicitar a participação da criança. Utilizar seus gestos espontâneos para continuar o gesto necessário.

Passeios: Quotidianos. Levar uma coberta e deixar a criança livre, no gramado.

Brinquedos: O próprio corpo (pés e mãos serão os melhores brinquedos), pedaços de pano coloridos, brinquedos que fazem barulho, objetos para morder e chupar, brinquedos sonoros de borracha, objetos diversos do ponto de vista tátil: mole, duro, quente, frio, pontudo, rugoso, papel para amassar. Dá-los à criança quando ela acorda.

O espaço deve permitir a atividade motora da criança. Durante o dia, colocar, sempre que possível, a criança no chão, num tapete de espuma: durante algumas semanas sobre uma almofada cilíndrica proporcional a seu tamanho (8 cm de diâmetro mais ou menos). Espalhar brinquedos em volta dela, deixar que ela se movimente livremente.

movimentos dorsais

Precauções. Prestar atenção na posição da bacia. A região lombar deve estar ligeiramente arqueada ao terminar o movimento. Levar em conta as possibilidades da criança, sem chegar a cansá-la. Estes movimentos são jogos.

Finalidade. Reforçar os músculos da nuca, costas, nádegas e os abdominais.

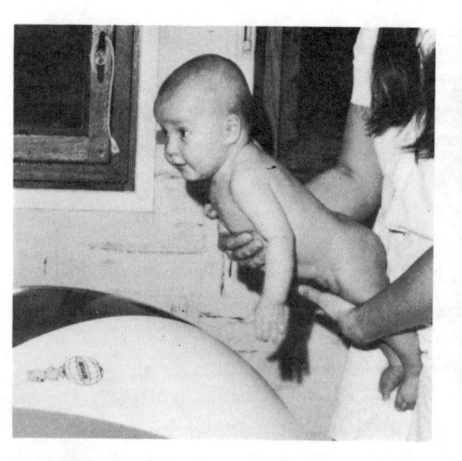

a

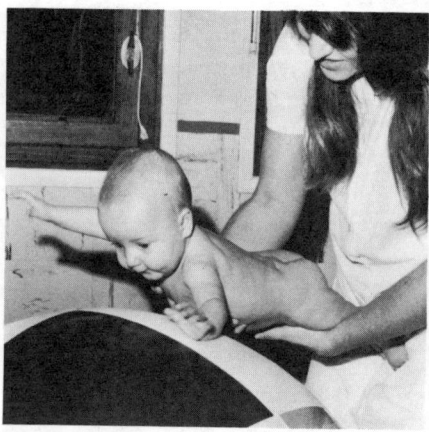

b

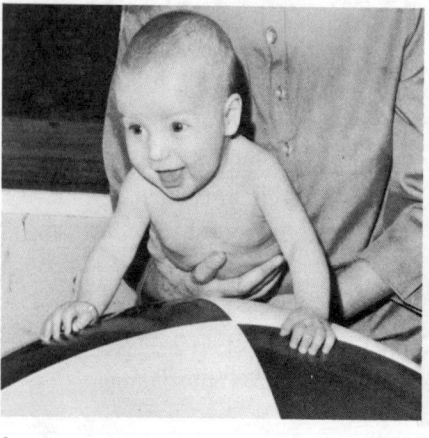

d

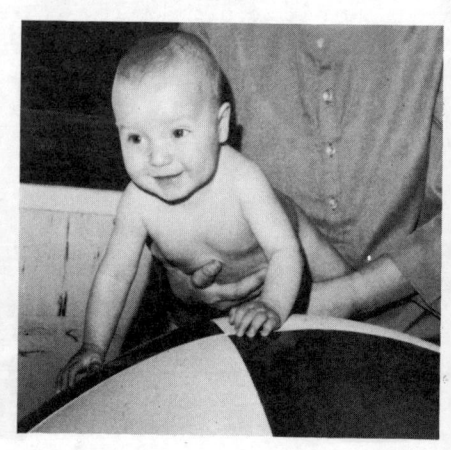

e

apoiado sobre a bola

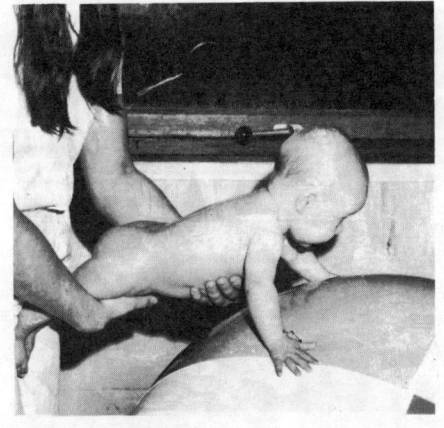

Posição. Segurar a criança contra si, uma mão segurando-lhe os joelhos e a outra o peito.

Inclinar o busto da criança em direção à bola (**a**) até que ela se apóie nas mãos (**b**) e faça um leve esforço para se erguer (**c**).

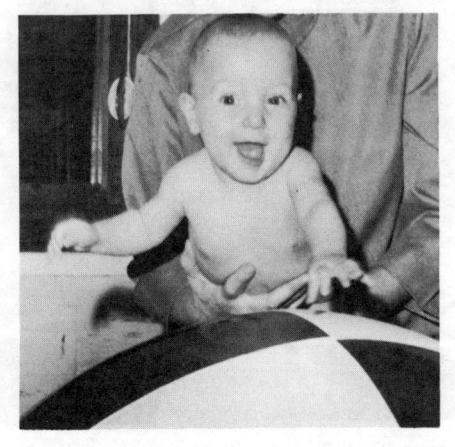

c

Posição. Apoiar a criança na bola (**d**) segura pelas coxas e por baixo do tórax.

Rodar a bola, fazendo com que a criança solte o seu ponto de apoio com uma mão (**e**), depois com a outra, e enfim com as duas (**f**).

Precauções. Coloque bem suas mãos para que o movimento dos quadris fique livre.

f

em cima da bola

Posição. Criança de bruços.

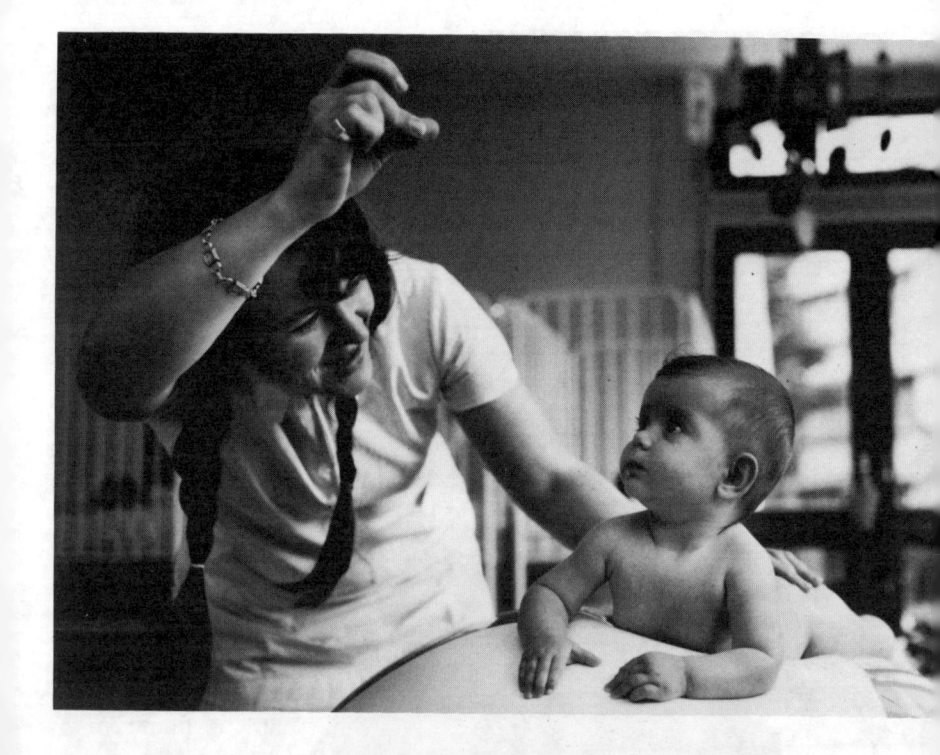

Empurrando de leve a criança que está segura pelas nádegas, mexer a bola enquanto se mostra à criança um brinquedo que ela segue com o olhar. Ela vai erguer a cabeça, a nuca e as costas, apoiando-se nas mãos.

em cima da mesa ou da mamãe

Posição. Criança de bruços.

Segurando os dois dedos da mãe, a criança faz um esforço para erguer a cabeça e as costas.

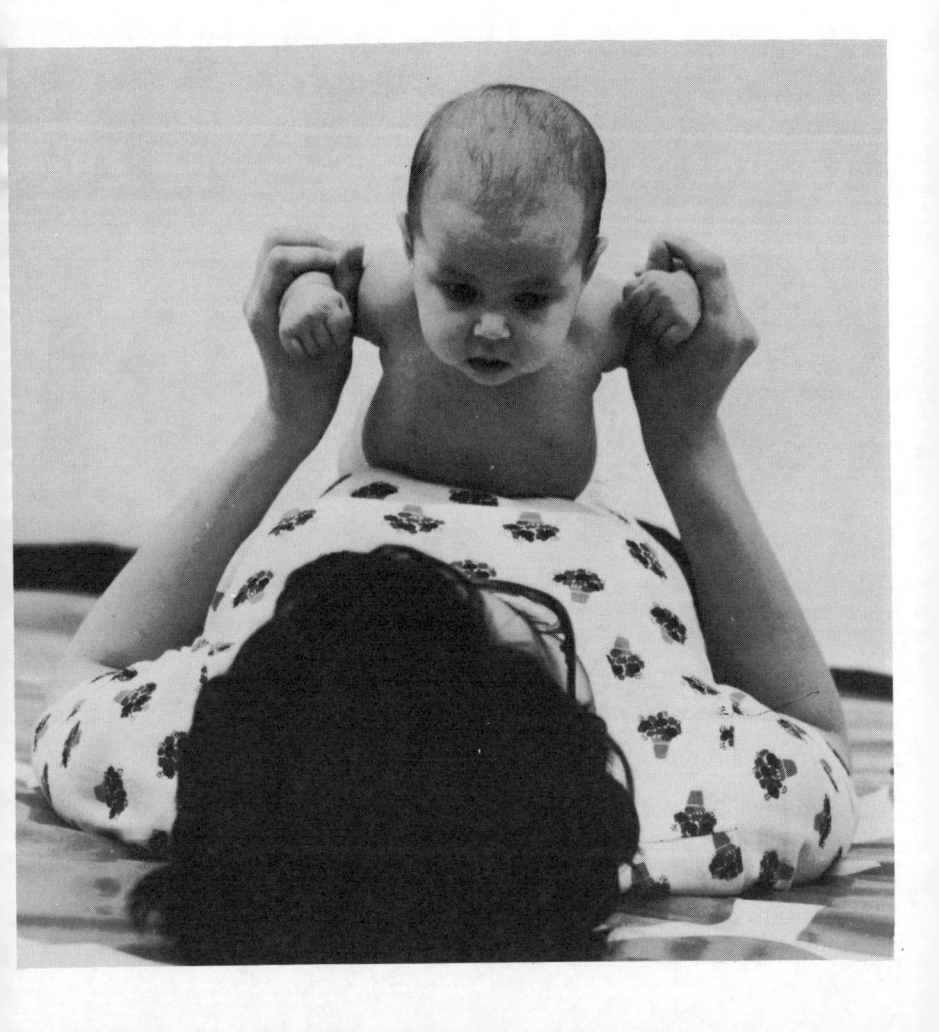

movimentos dorsolombares

Posição. A criança de bruços, com a cabeça e os ombros para fora da mesa. Ir aumentando as dificuldades, fazendo avançar o corpo da criança até que o busto também fique fora da mesa.
Finalidade. Reforçar os músculos paravertebrais.

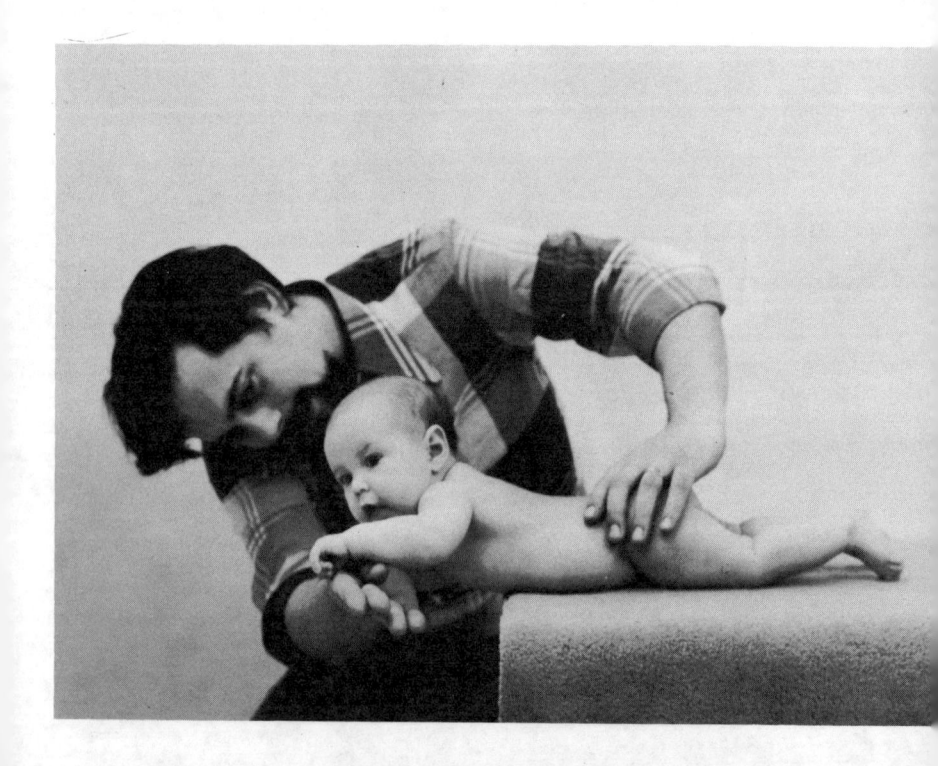

Com uma mão segurar a criança pelas nádegas, com a outra sustentar-lhe os antebraços. Ela vai erguer-se. Suprimir progressivamente o ponto de apoio sob os braços.
Precauções. Só aumentar as dificuldades de acordo com o desenvolvimento muscular da criança.

Posição. A criança de bruços, com as pernas para fora da mesa.
Finalidade. Reforçar os músculos das nádegas e os músculos lombares.

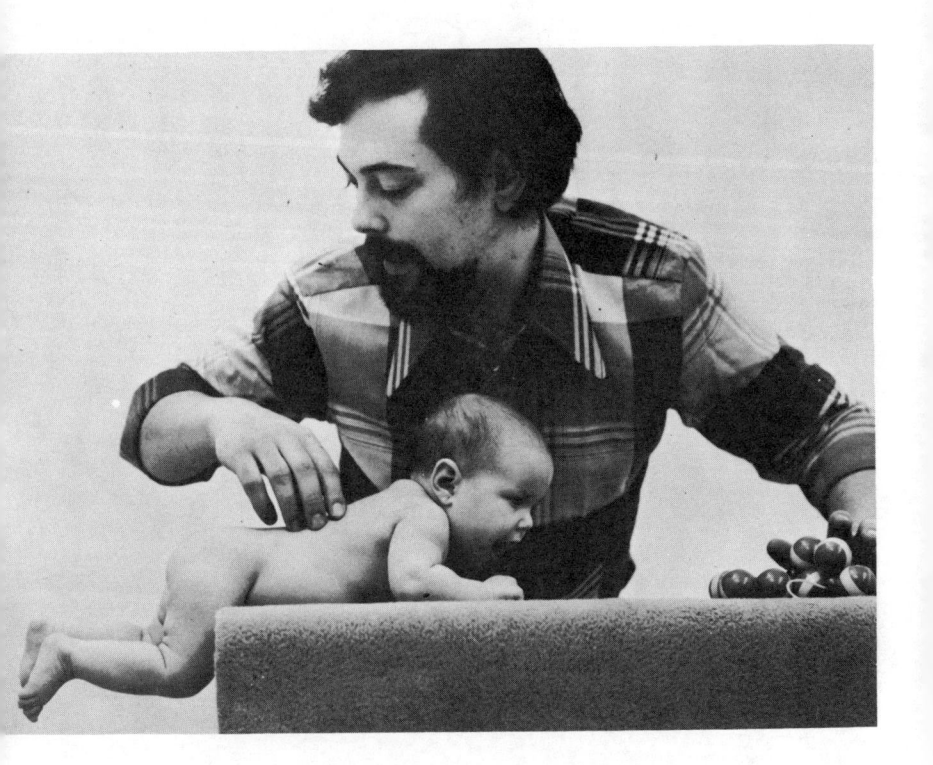

Estimular as nádegas e a região lombar da criança com tapinhas, leves beliscões, a fim de conseguir a extensão das pernas.
Precauções. Prestar atenção na posição da bacia; a região lombar deve estar ligeiramente arqueada, as coxas estendendo-se no sentido do comprimento da mesa.

preparação para engatinhar

Posição. Segurar a criança, pelos joelhos com uma mão e pelo peito com a outra. Ela se apóia com as mãos na mesa ou no chão.

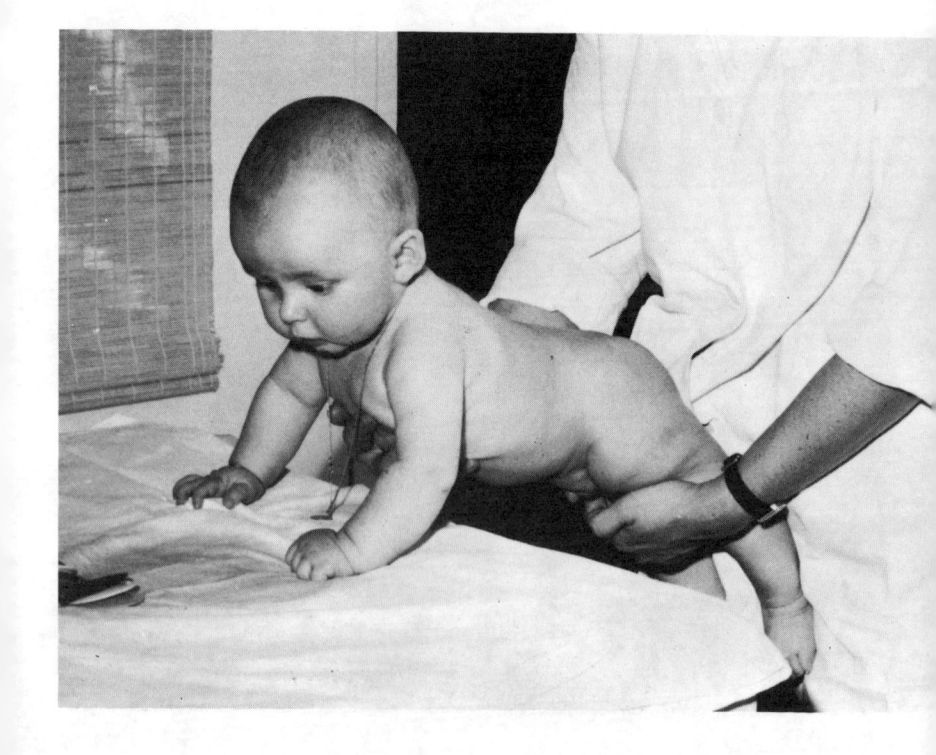

Conseguir um movimento de modo que as costas e nuca fiquem direitas. Progressivamente levar a criança a se apoiar de fato nos braços estendidos.

Finalidade. Reforçar os músculos da nuca e das costas. Reforçar os braços, os músculos peitorais. Desenvolver a caixa torácica. Aumentar a amplitude respiratória.

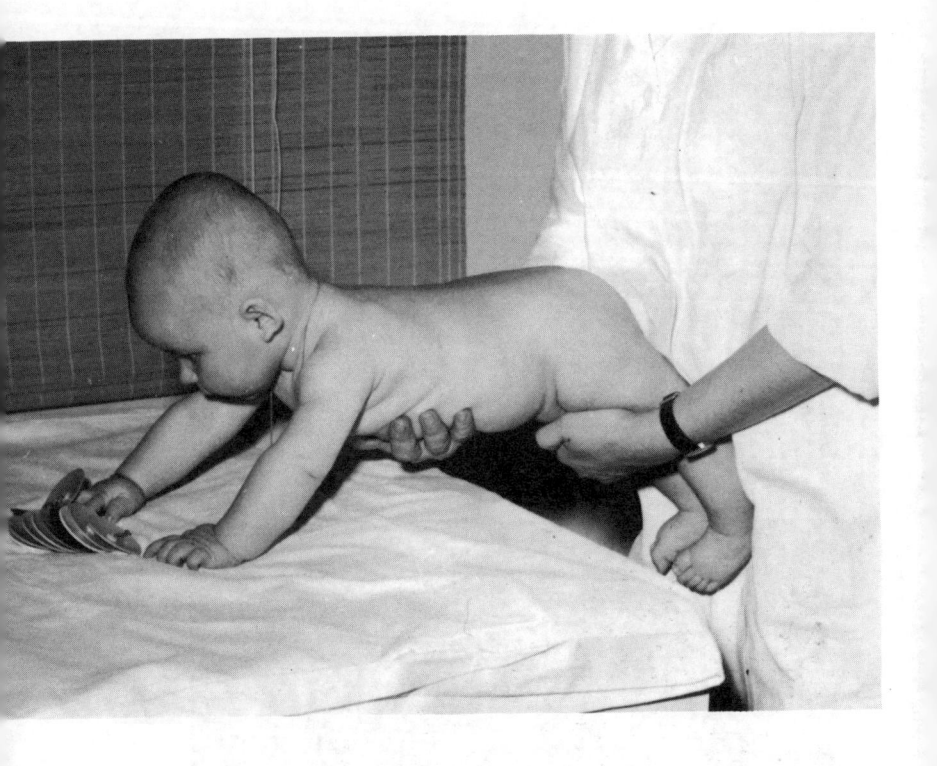

em cima do rolo

Posição. A criança no chão, de joelhos na frente do rolo (**a**).

Conduzir a criança de bruços atravessada no rolo. Colocar um brinquedo na frente dela. Fazê-la perceber o movimento que lhe vai permitir alcançar o brinquedo (**d**). Segurá-la pelos joelhos (**c**), pelas nádegas (**b**) ou pelos tornozelos, fazendo-a rolar suavemente.

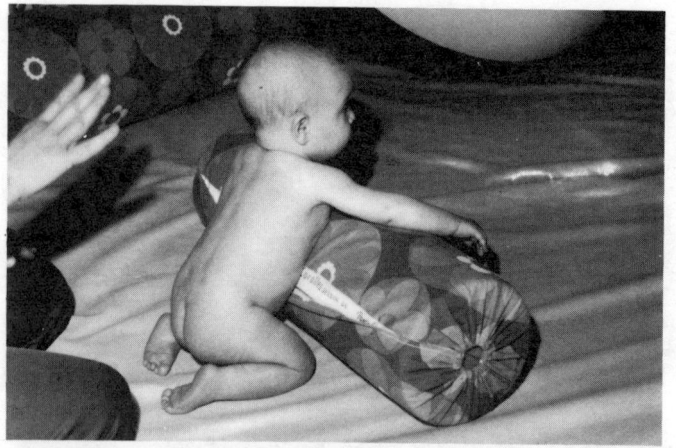

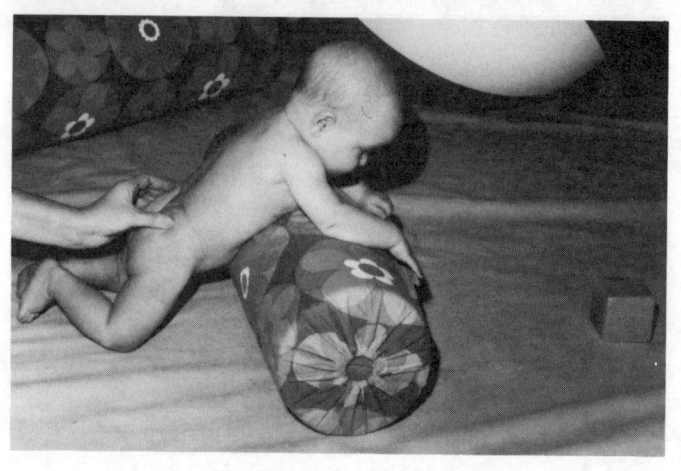

Precauções. Trata-se de um **jogo**. O movimento deve ser feito bem devagar; dar tempo à criança para sentir e encontrar o equilíbrio.

Finalidade. Atingir o objeto desejado. Preparar para o engatinhar. Musculatura dos braços e das costas.

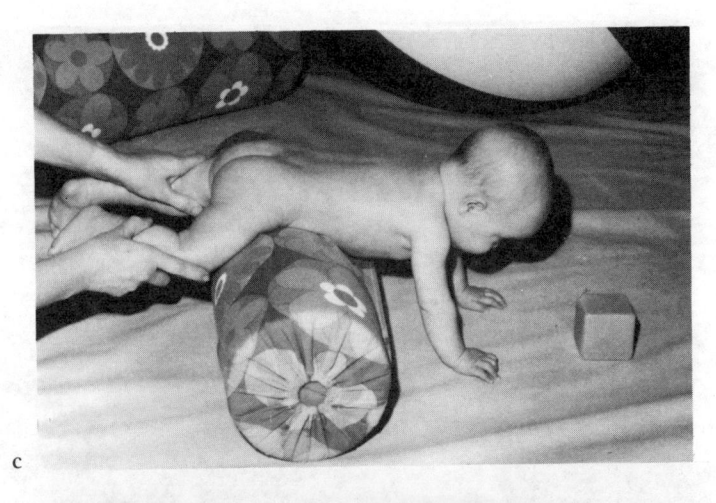

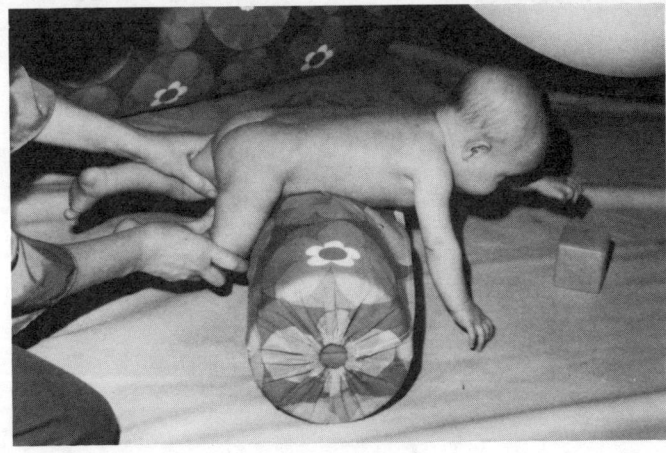

c

d

movimentos abdominais

Precauções. Prestar atenção na posição da região lombar que deve estar em pleno contato com o chão. Respeitar as possibilidades da criança. Não deixar que ela se canse.

Finalidade. Reforçar os músculos da nuca, barriga e coxas.

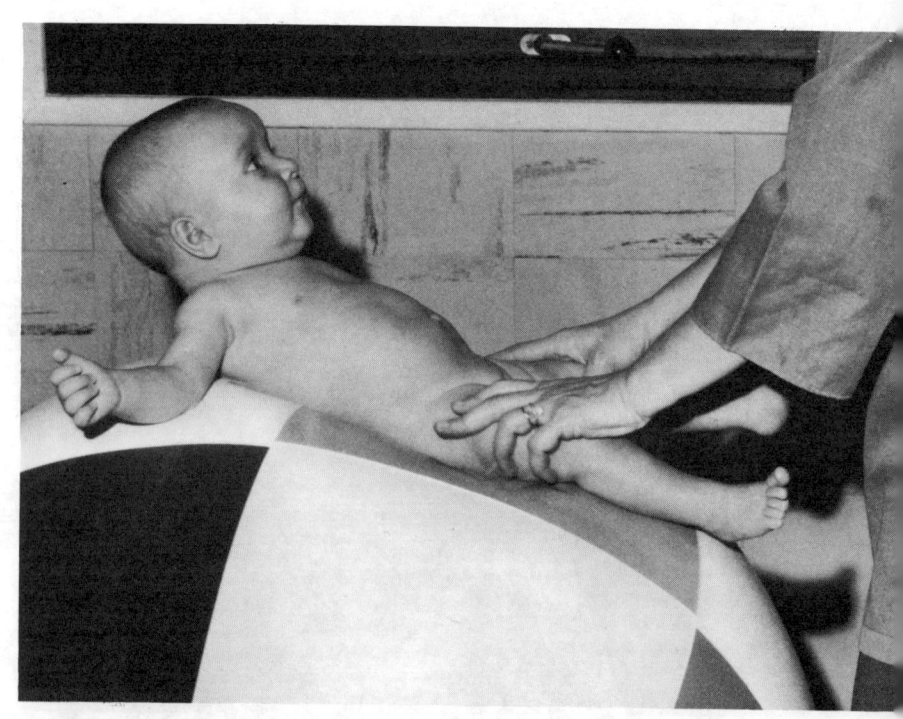

a

em cima da bola

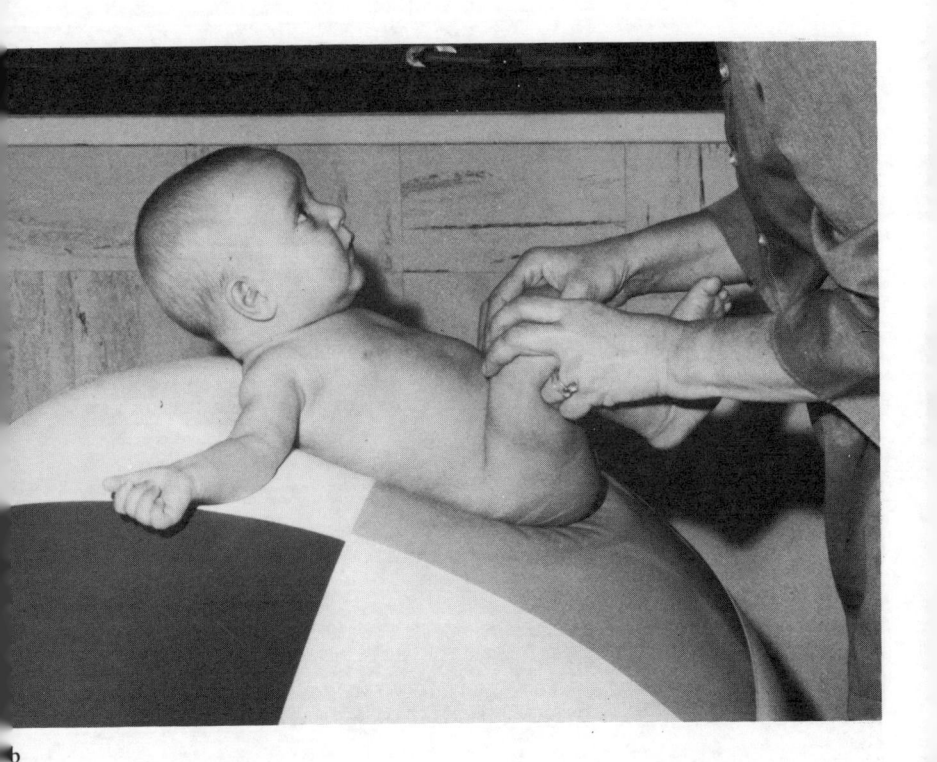

Posição. Deitar a criança de costas, manter-lhe as pernas esticadas segurando-a pelas coxas (**a**).

Dobrar as pernas da criança movendo a bola com um movimento de trás para a frente, a fim de que ela levante a cabeça (**b**).

no chão

Posição. Deitar a criança de costas, sustentando-lhe as pernas, dobradas ou esticadas.

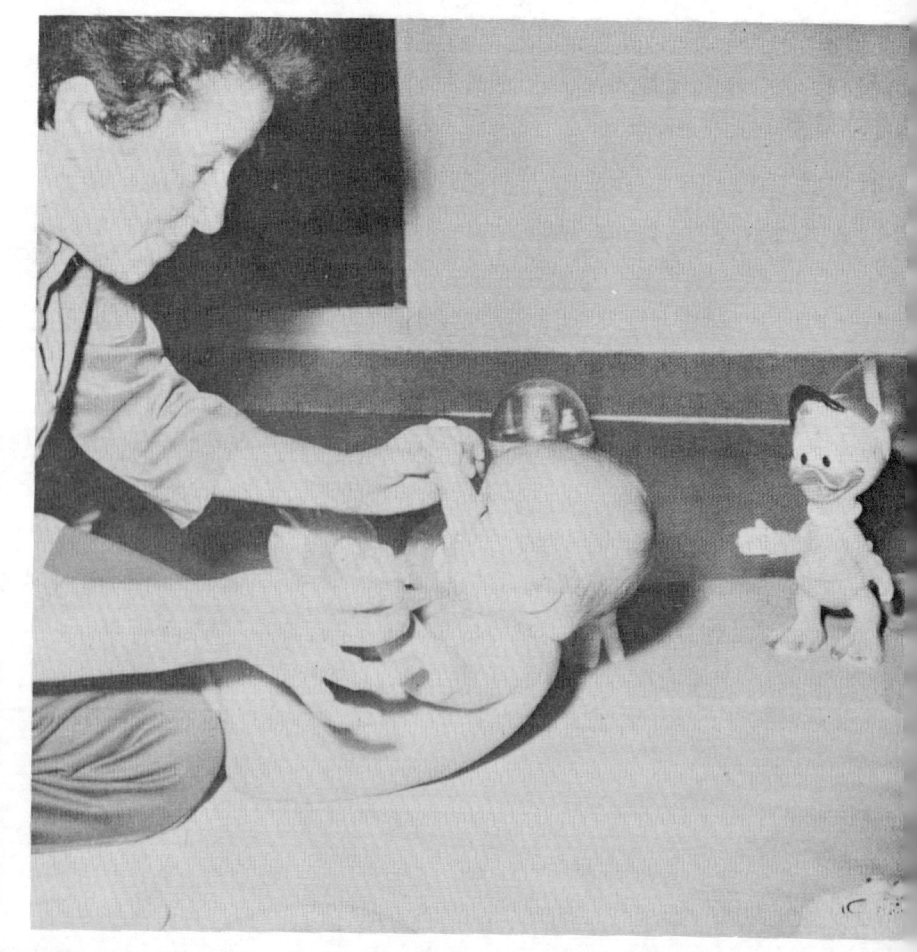

a

(**a**) A criança agarra os polegares da mãe, que, ao mesmo tempo que lhe sustenta as pernas, estimula a criança para que erga a cabeça e o busto, aproximando-se da mãe.
(**b**) A mãe segura a cabeça da criança para conseguir o mesmo movimento.
(**c**) A criança levanta sozinha a cabeça.

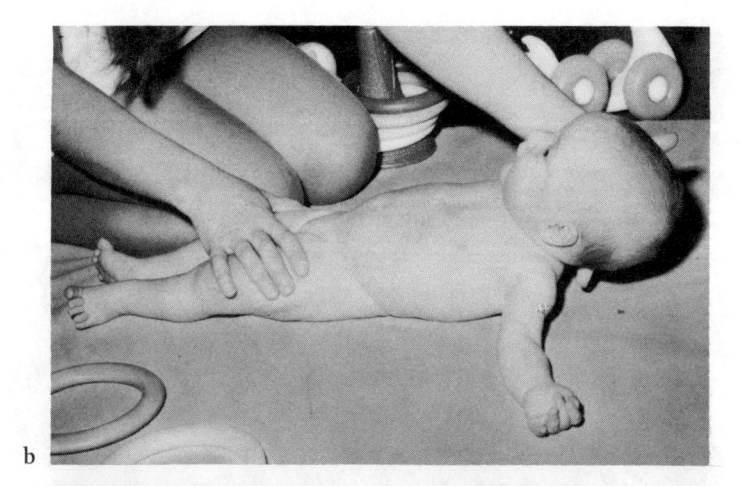

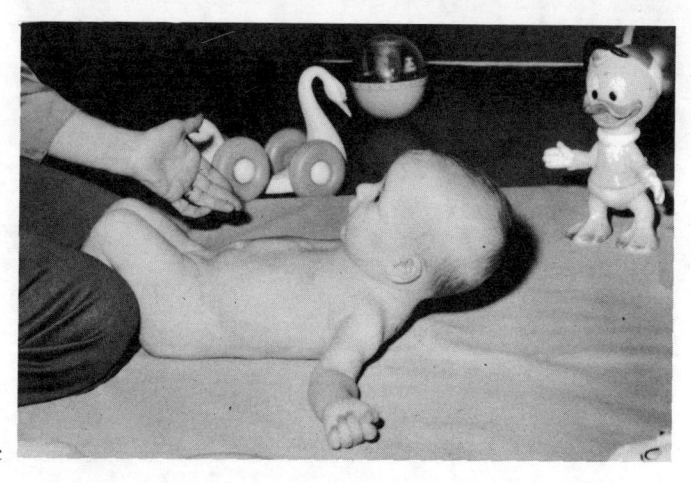

pedalar

Posição. Deitar a criança de costas com os braços esticados em cruz; no alto, pendurar um brinquedo na direção da barriga da criança.

Segurar a criança levemente pelas mãos. Mostrar-lhe o brinquedo que ela vai tentar pegar com os pés. Mudar o brinquedo de lugar para aumentar a dificuldade.

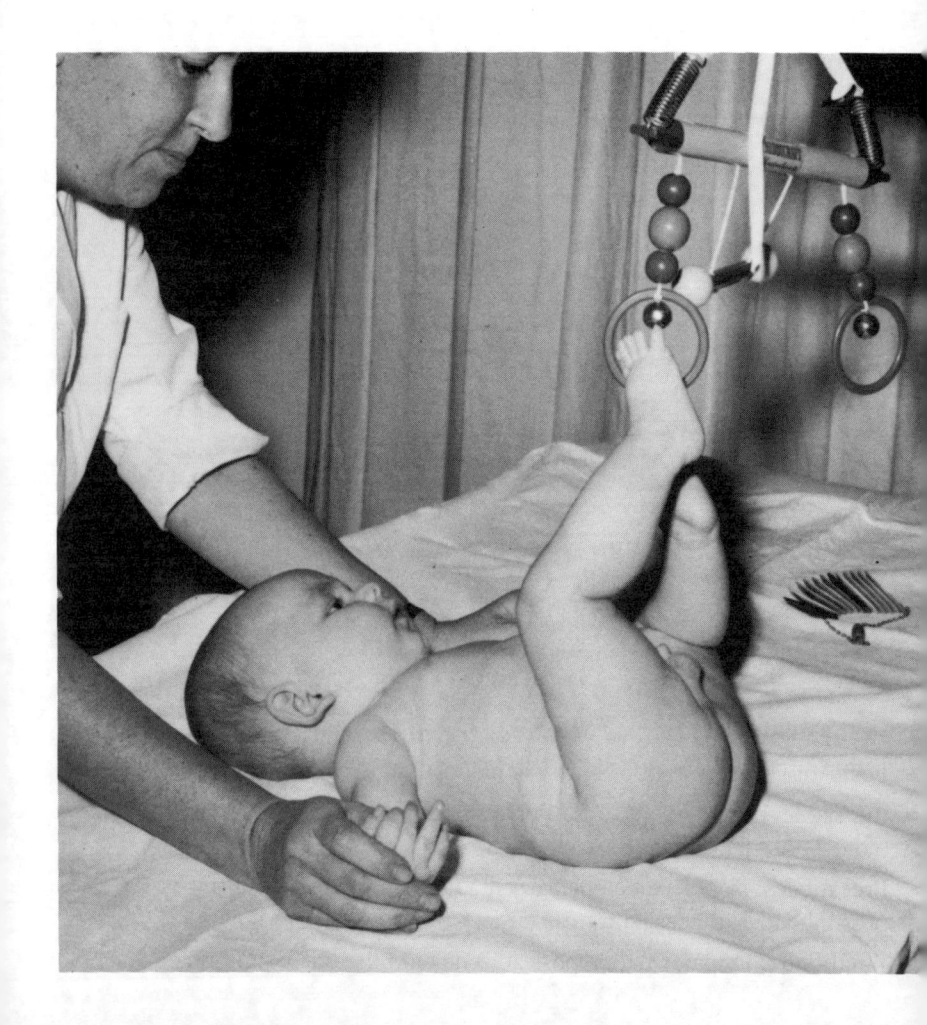

deitado/sentado na bola

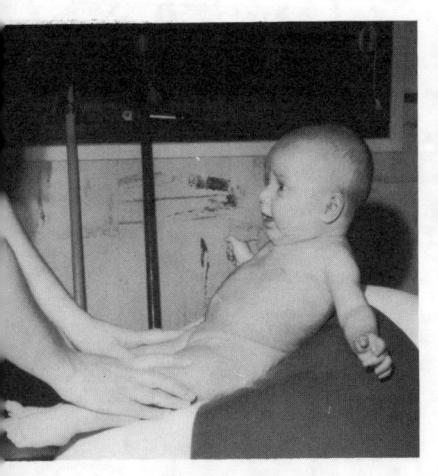

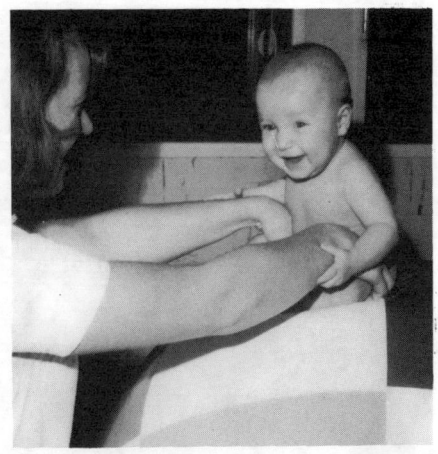

b

Posição. Deitar a criança de costas na bola, segurando-lhe as coxas (**a**).
Inclinar leve e lentamente a bola para a frente, para trás, para um lado, para o outro. A criança acabará sentada (**b**).
Precauções. Não deixar a criança sentada. Se o movimento ultrapassa suas possibilidades, deixar para mais tarde.
Finalidade. Preparar para a posição sentada. Busca de equilíbrio.

deitado/sentado no chão

Posição. Deitar a criança de costas com as pernas esticadas (**a**).

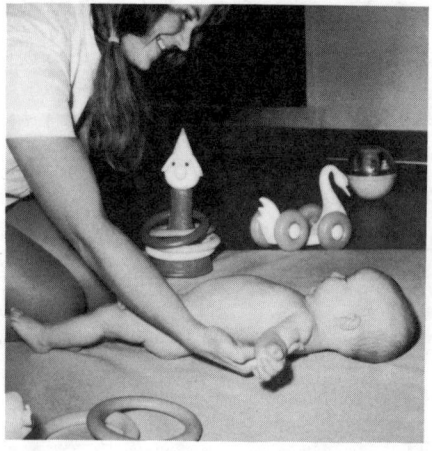

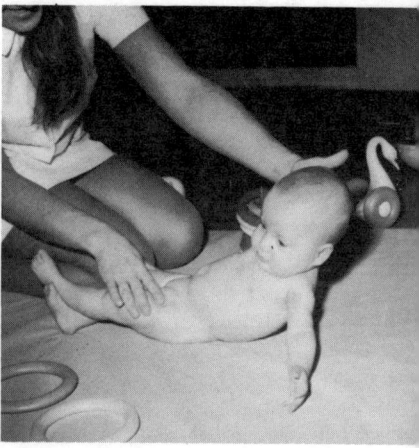

a

b

Segurar a criança pela cabeça e pelo ombro direito (**b**). Erguê-la um pouco imprimindo-lhe ao busto um movimento de rotação para a esquerda, a fim de que ela se apóie no ombro, no cotovelo (**c**), na mão, e chegue à posição sentada. Fazer o mesmo movimento com o outro lado (**d**).

Finalidade. Reforçar a musculatura abdominal.

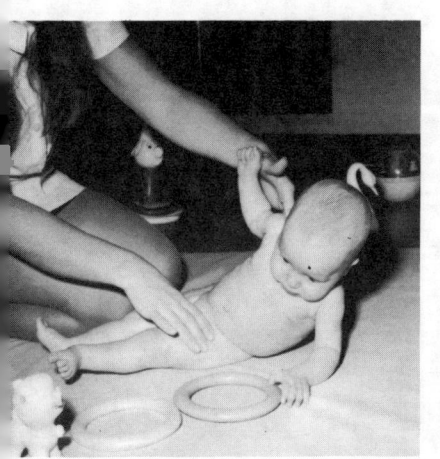

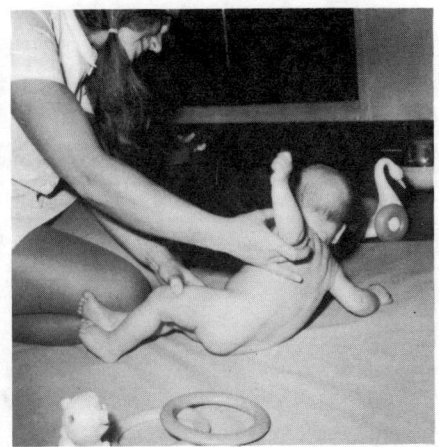

d

virar/revirar

Posição. Deitar a criança de costas na bola (**a**) ou no chão.
Segurar a criança pelas pernas; flexionar-lhe o quadril direito (**b**).
Inclinar lenta e suavemente a bola da esquerda para a direita (**cd**), levando naturalmente a criança a ficar de bruços (**e**).

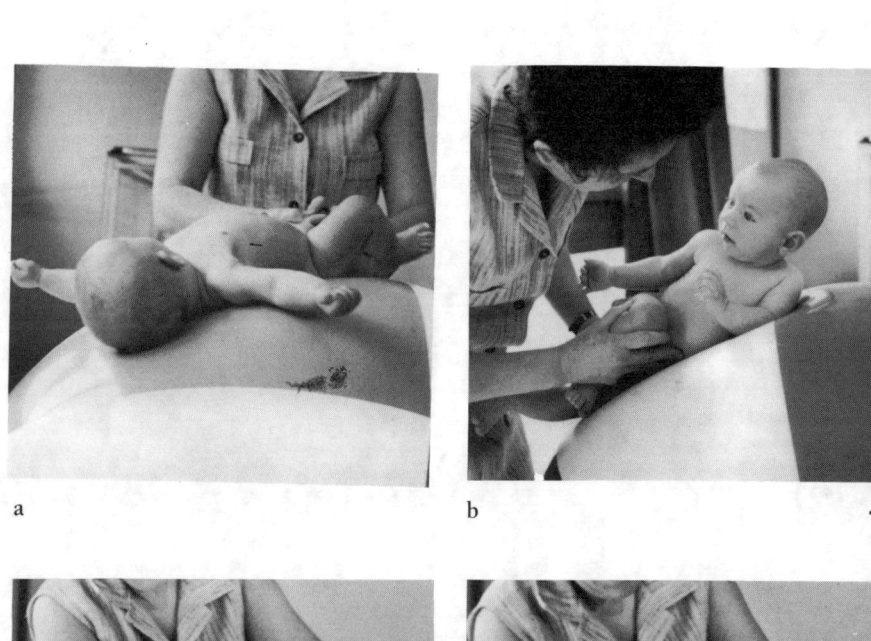

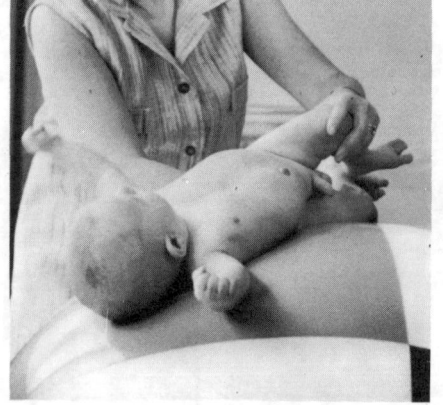

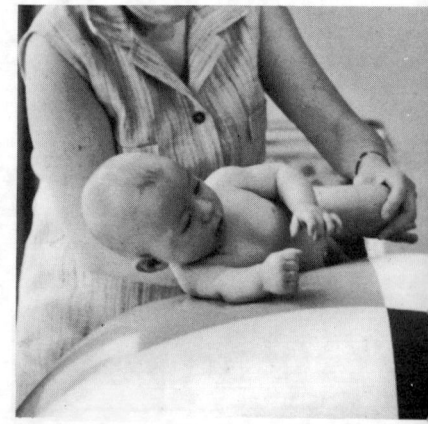

O despertar do bebê 71

Fazer o mesmo movimento mas inclinando a bola da direita para a esquerda (**fg**) para levar a criança a ficar de costas (**h**).
Precauções. Prestar atenção na flexão do quadril. A criança deve estar nua em cima da bola.

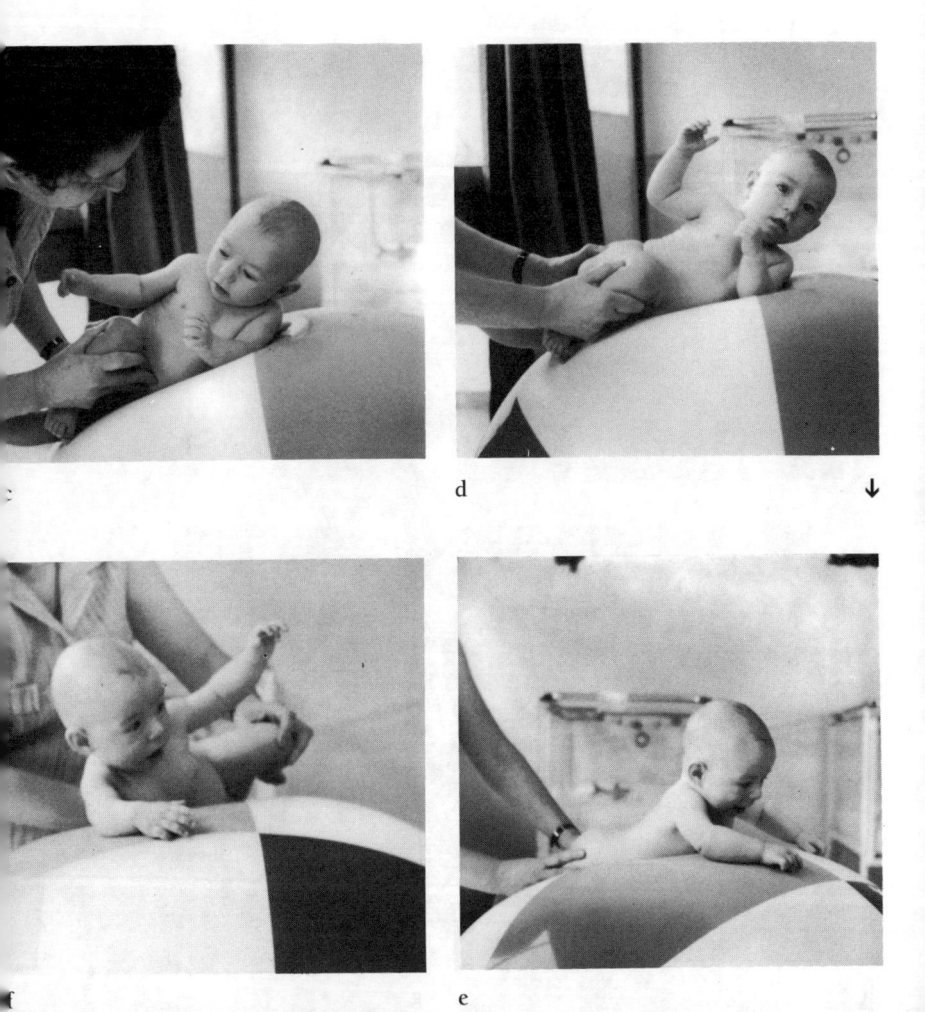

vira/vira

Posição. Deitar a criança de costas no chão.

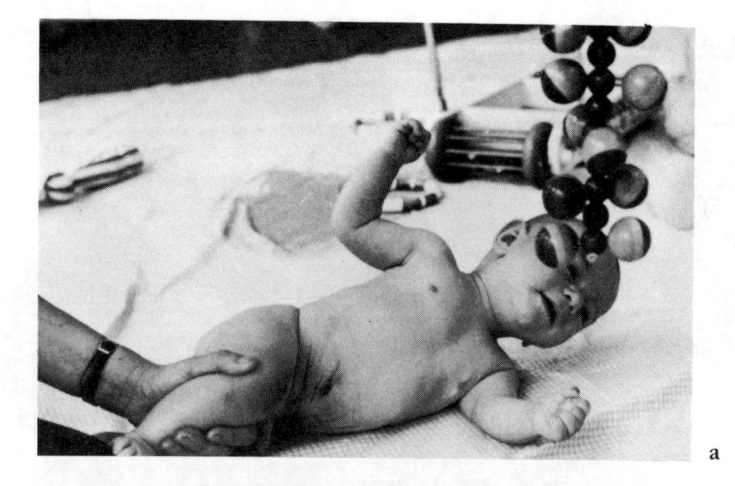

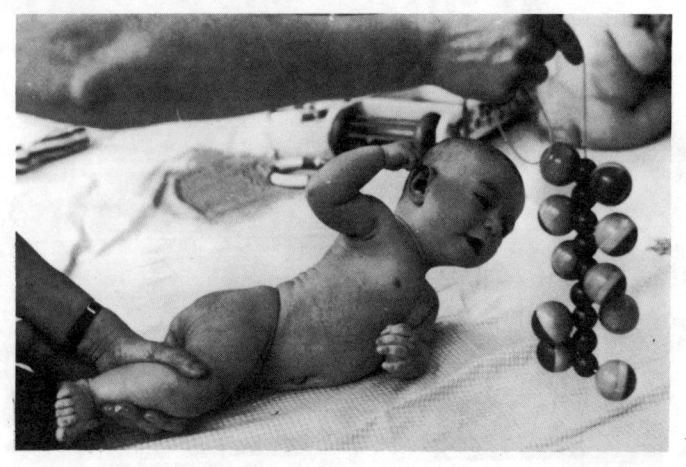

a

b

Flexionar o quadril direito da criança (**a**). Mostrar-lhe um brinquedo (**b**) e fazer na criança um leve movimento de rotação na direção do objeto (**c**). Ela vai ficar de bruços (**d**). Continuar o jogo, fazendo-a rolar sobre si mesma.

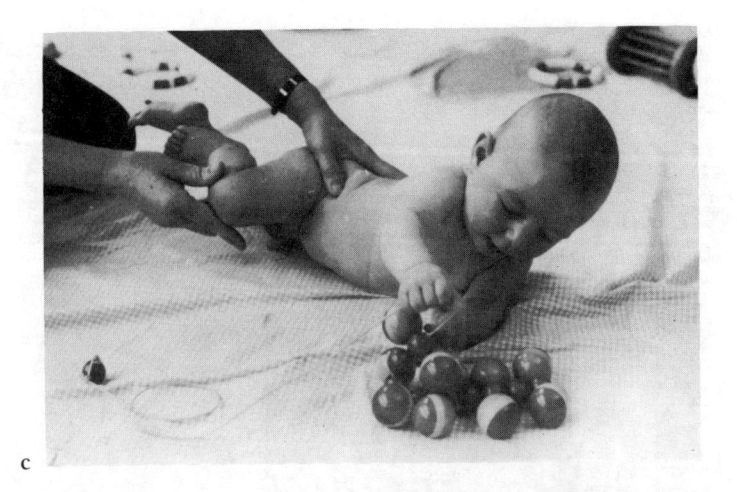

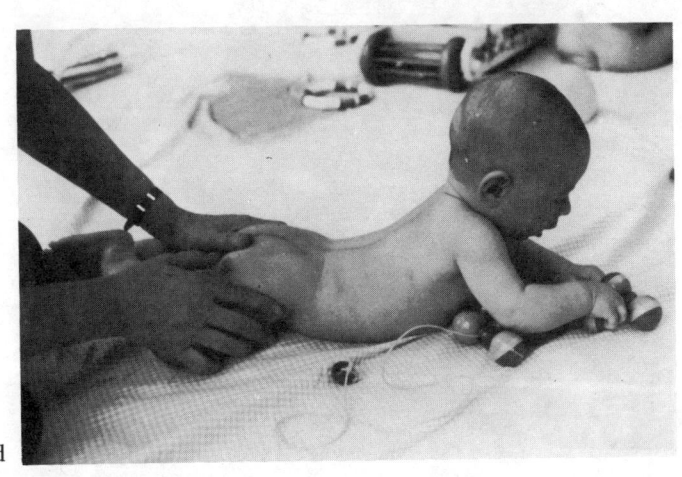

A terceira e a quarta fase sobrepõem-se. Cada criança tem uma evolução própria: algumas demoram mais na terceira fase, outras passarão depressa para a quarta fase.

Estas duas fases são em geral as mais interessantes, as mais felizes tanto para a mãe como para os que cercam a criança. A criança vai imitar e repetir sozinha o que lhe tiverem feito sentir e encontrar.

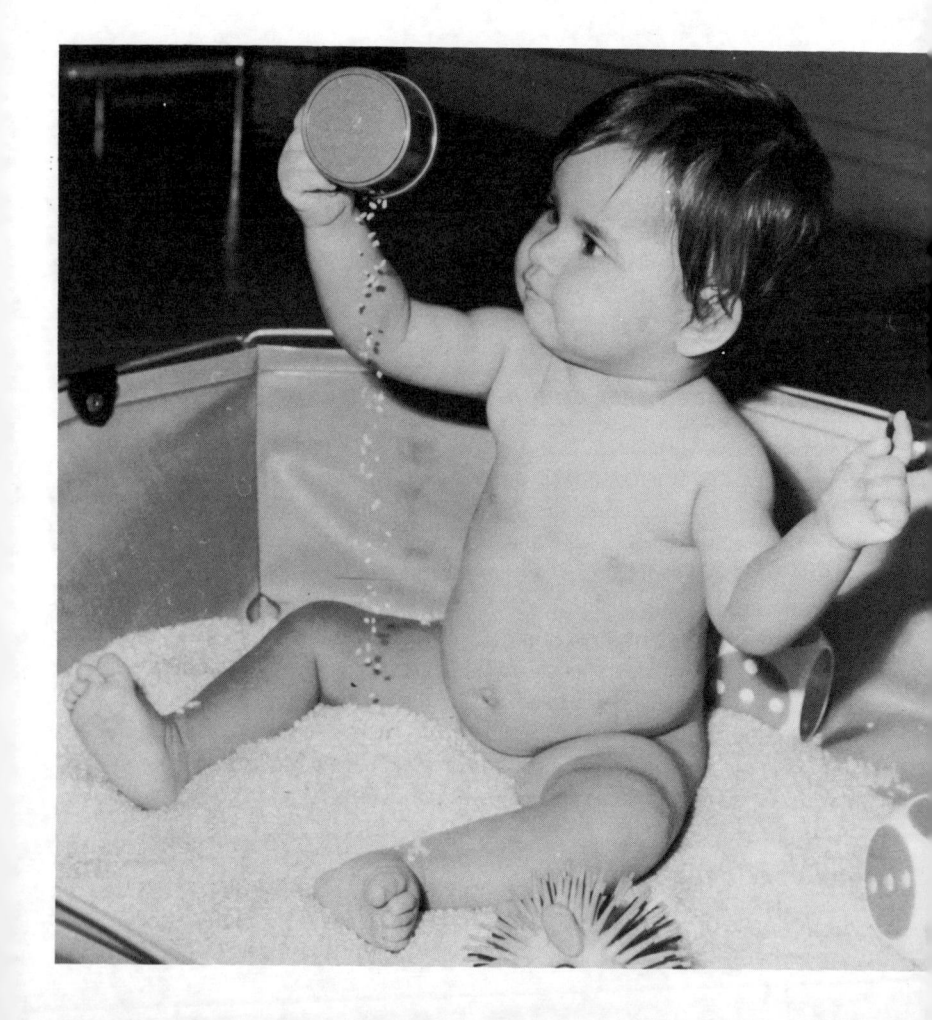

Terceira fase:
De seis a doze meses

A criança pode servir-se dos brinquedos, pegá-los, largá-los: a preensão está adquirida e ela participa desses movimentos ativamente. Reconhece o meio onde se encontra e sabe distinguir as pessoas que a cercam. Toma consciência de si mesma e dos outros. Mais ou menos aos oito meses a criança está muito agarrada com a mãe ou com a pessoa que a substitui e pode-se sentir desamparada quando ela se ausenta. É o período em que **é preciso responder a essa angústia transmitindo segurança à criança no seu próprio corpo**. Suas necessidades sociais afirmam-se: o andar de rastos e depois o engatinhar permitem satisfazê-las.

O que você pode fazer com o seu bebê?

A descontração: Será ainda útil se a criança tem dificuldade para adormecer.

A ginástica: Os movimentos de ginástica são agora bem entendidos. É preciso continuar a fazê-los, aumentando pouco a pouco as dificuldades sem contudo deixar de observar as possibilidades da criança. Nunca insistir se a criança não estiver disposta. A duração não deve exceder dez minutos.

Movimentos globais: Na realidade trata-se de movimentos simples, que são a reprodução do que se observa durante a evolução motora normal da criança. Fáceis de fazer e de encadear, permitem que a criança procure e adquira os reflexos de equilíbrio e de postura. São ao mesmo tempo jogos que a criança realizará durante o dia. O jogo da bola, do rolo grande, da posição sentada no banquinho vão ajudá-la a tomar consciência do corpo. Ela começa a saber lidar consigo mesma; nosso esforço tem por finalidade conduzi-la à independência.

O que você deve saber

Os jogos não devem ser continuados se a criança parecer desinteressada. De fato, basta fazê-la perceber suas possibilidades, pô-la na "situação" de oferecer-lhe uma oportunidade. Em seguida ela fará sozinha a experiência. Todos os jogos que você quiser inventar servirão para completar os exercícios de base.

Se às vezes não puder "brincar com a criança" – já dissemos, mas convém repetir –, não existe nenhuma obrigação, nem para a criança nem para o adulto.

No decorrer dos exercícios propostos para a terceira fase, você se encaminhará insensivelmente para a quarta fase, que é a da grande descoberta, o início da verdadeira independência, **o andar autônomo**.

Sugestões para a vida quotidiana

Como carregar a criança? Apoiada no seu quadril; diminuir e mais tarde suprimir o apoio no nível do peito, desde que a criança tenha força muscular suficiente.

Como deitá-la? Deixá-la dormir no tapete de espuma de *nylon*, no chão, durante o dia, a cama sendo usada de noite. O tapete no chão deixa a criança decidir, escolher, ir para a cama quando tiver sono.

Como falar com ela? A criança "fala" para chamar a sua atenção. Os gritos tornam-se "arrulhos", escalas musicais: você "responde" e a "conversa" começa. A criança pode imitar e repetir sons fáceis. Ela reconhece os nomes dos movimentos e dos brinquedos. Responde quando a chamam pelo nome, etc.

Quando e como sentá-la? A musculatura dorsal e abdominal está agora mais sólida; no entanto, é preciso que a criança tenha sentido e encontrado o equilíbrio. Quantas crianças que eram incapazes de ficar sentadas conseguiram adquirir esse equilíbrio em poucos minutos, fazendo a seguinte experiência (cf. p. 94): pegue um banquinho de 13 cm de altura, de modo que a criança possa encostar bem os pés no chão, em ângulo reto com relação aos tornozelos, joelhos em ângulo reto com relação às coxas, quadris em ângulo reto com relação ao tronco. Tranqüilize o bebê segurando-o pelas coxas.

Você vai ver como ele ergue as costas; progressivamente deixe de segurá-lo e ele vai procurar e encontrar **sozinho** o equilíbrio de forças que lhe permite ficar sentado. Desse modo você o prepara naturalmente à posição de pé, pois ele percebe para que servem os pés. A partir desse momento você pode sentá-lo numa cadeirinha de braços ou numa cadeira alta (fazer com que os pés sempre se apóiem no chão) com uma mesa na frente dele para brincar, comer,...

O sono: Não se esqueça de que o sono da criança durante as fases do desenvolvimento é um momento privilegiado que precisa ser tranqüilo e respeitado. Por exemplo, se o bebê adormece no chão, não o acorde para pô-lo na cama: cubra-o com uma coberta. Se nesta idade ele ainda tiver dificuldade para adormecer, deixe com ele o objeto "de transição" que o tranqüilizará.

Como vesti-la? Quanto à roupa, as mesmas recomendações. Para calçar, sapatinhos macios com sola de napa, para a criança não escorregar. Se a temperatura permitir, **descalça**.

O banho: Desde que a criança consegue ficar sentada, ensiná-la a se lavar sozinha: "Lave o pé, o pescoço...", a se enxugar sozinha: "Enxugue o pé, enxugue o pescoço, a mão direita, a mão esquerda...".

As refeições: Assim que a criança manifesta esse desejo, deixá-la comer sozinha mesmo que ela se suje. No entanto, para mostrar-lhe como manter-se limpa, limpar-lhe a boca, as mãos e, em seguida, pedir que ela faça o mesmo.

Passeios: No chão, mesmo que coma mato!

Jogos e brinquedos: Bolas coloridas, de tamanho e consistência diferentes; balões maiores e menores, bem leves; grandes cubos e garrafas de plástico; jogos de encaixar, brinquedos que entram uns nos outros, contas grandes de enfiar, baldinhos para encher de areia no jardim, na praia; copinhos para encher de arroz em casa (não deixar a criança sozinha); um urso, uma boneca de pano que se pode vestir, calçar, etc.; um espelho; uma caixa que se pode encher de coisas e sobretudo esvaziar; brinquedos de empurrar e puxar; triciclos sem pedais, um caminhão grande; um banquinho de rodas; fantoches; livros com figuras; discos: canções, baladas, valsas, etc.

O espaço deve corresponder à curiosidade e às possibilidades da criança.

movimentos dorsais

Precauções. Prestar atenção na posição da bacia. A região lombar deve ficar ligeiramente arqueada no fim dos movimentos. Ficar atento às possibilidades da criança; nunca ultrapassar o momento em que ela se mostrar cansada.

Finalidade. Reforçar os músculos da nuca, costas, nádegas. Preparar para a posição sentada e de pé.

diante do espelho

Posição. Segurar a criança contra o seu corpo, com uma mão sustentando-lhe os joelhos e com a outra o busto.

Deixar um ângulo de inclinação de acordo com a força da criança. Diminuir o apoio sob o busto, abaixando progressivamente a mão. Estimular-lhe a atenção para que ela se erga.

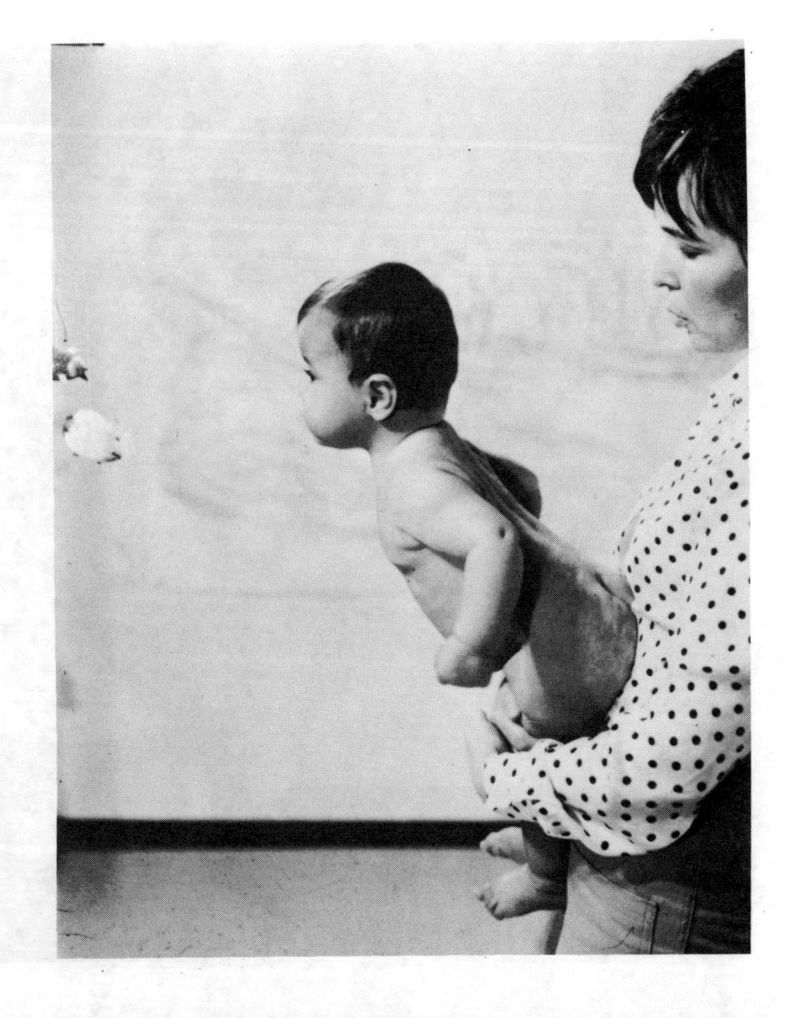

jogo da cobra

Posição. Segurar a criança contra o seu corpo, pelos joelhos. Ela vai procurar agarrar a cobra.

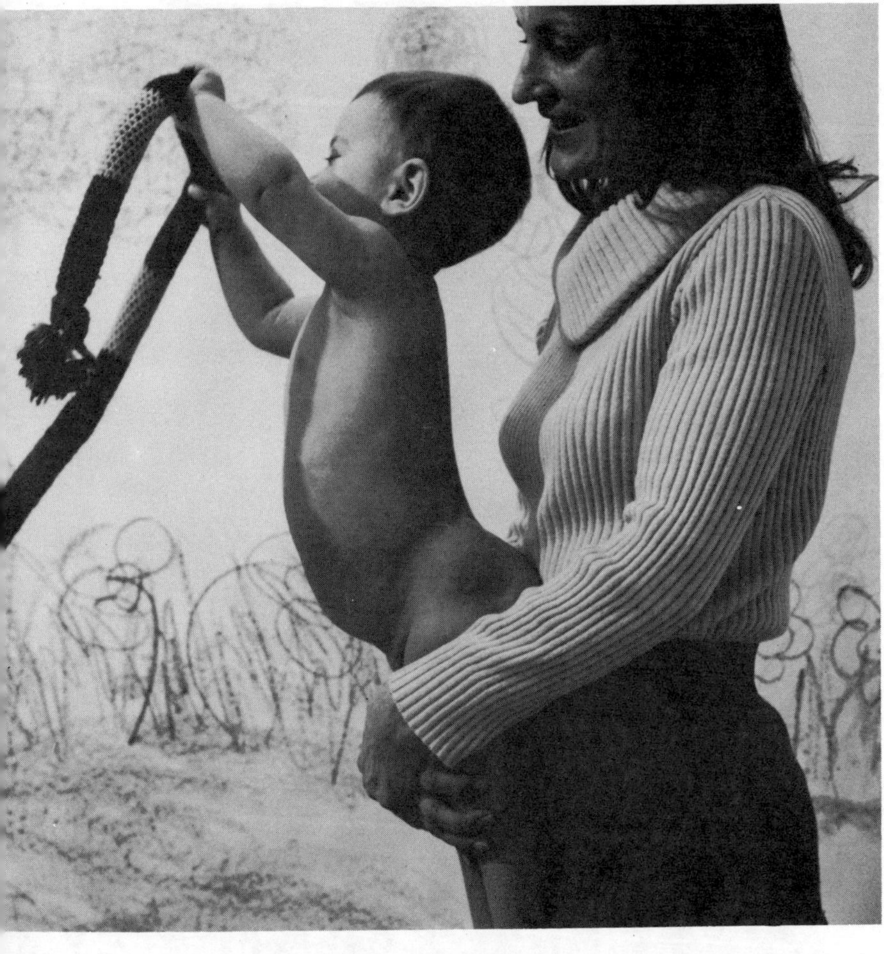

diante da mesa

Posição. A criança diante de uma mesa ou no chão.

Segurar a criança pelas coxas, pelos joelhos e, enfim, pelos tornozelos, de acordo com a força dela. Fazer com que ela ande com as mãos.

Finalidade. Desenvolver os músculos peitorais e dorsais.

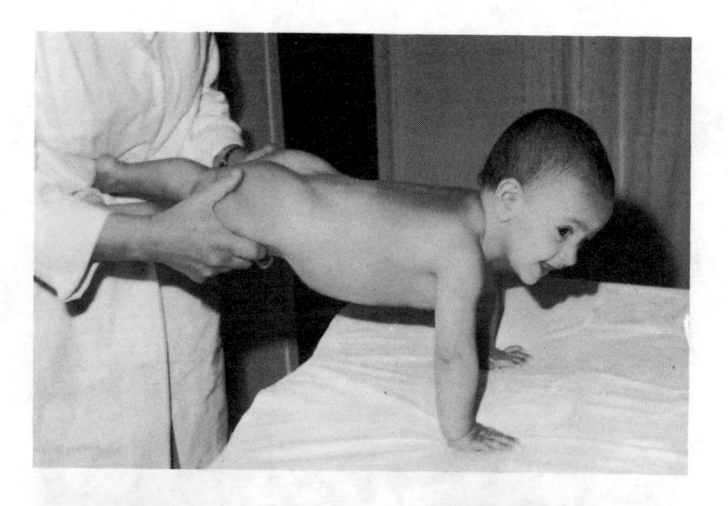

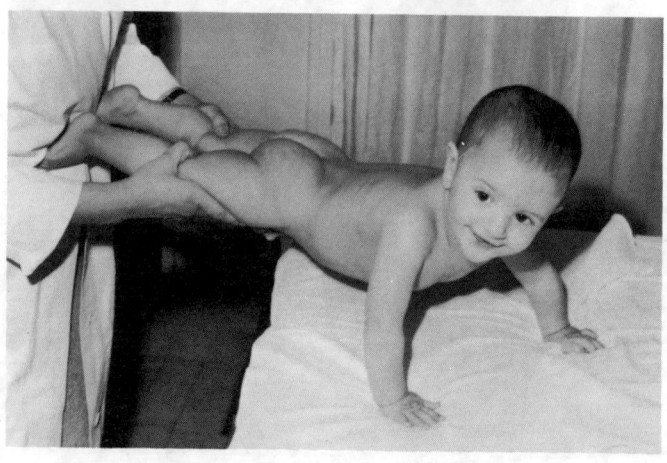

em cima do rolo

Posição. Deitar a criança de bruços, ao comprido do rolo, mantendo-a de leve pelas pernas.

Inclinar o rolo devagar para a direita e depois para a esquerda, obtendo assim uma contração dorsal assimétrica e a busca de equilíbrio.

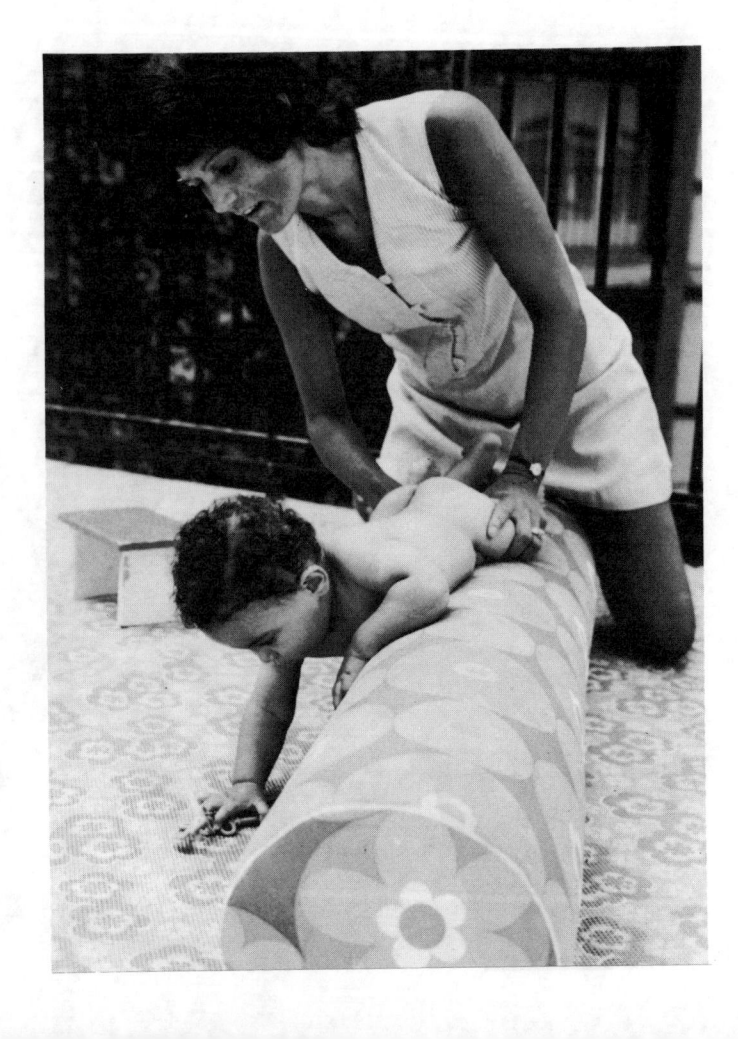

jogo em cima do rolo

Posição. A criança diante do rolo.

Mostrar-lhe seu brinquedo preferido, fazer com que ela vá buscá-lo. Deixar a criança fazer sozinha o esforço necessário para atingir o objeto desejado.

movimentos abdominais

Precauções. Nunca ir além das possibilidades da criança.
Finalidade. Desenvolver a musculatura da barriga e das coxas.

no chão

Posição. A criança sentada, segurar-lhe as pernas. Ir levantando-lhe as pernas pouco a pouco.

Durante um momento ela vai resistir ao desequilíbrio e, depois, deixa-se cair de costas.

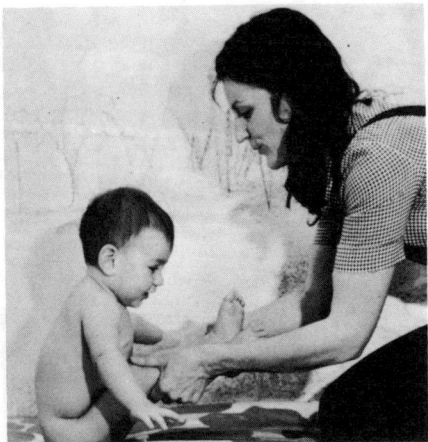

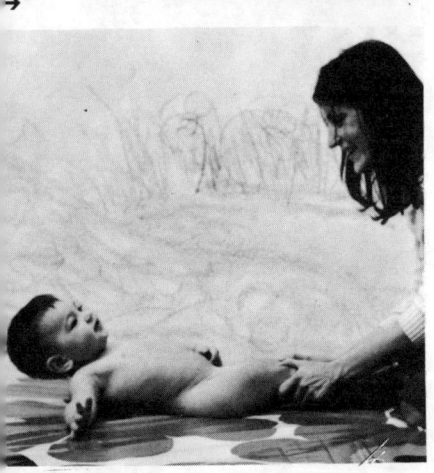

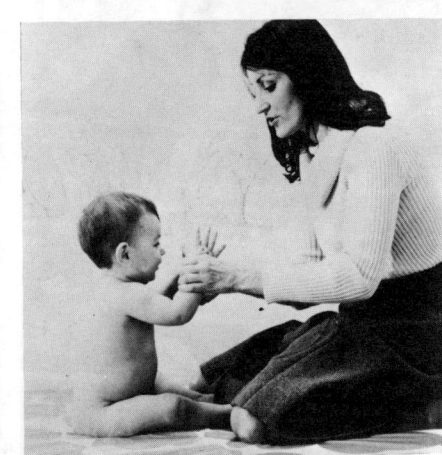

em cima do rolo

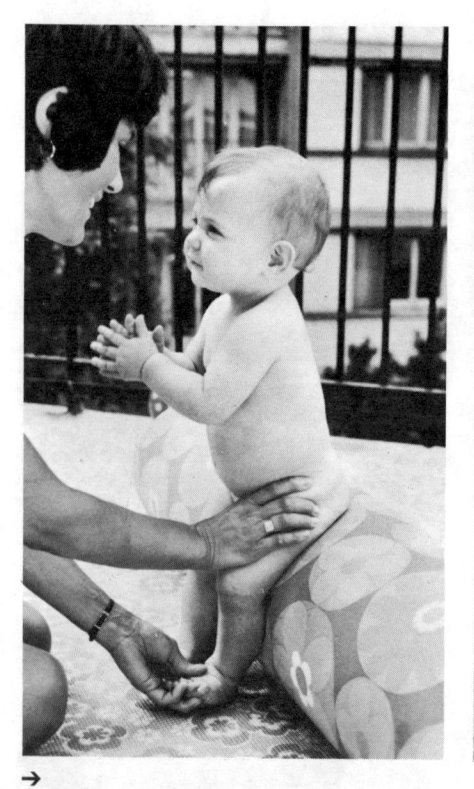

→

Posição. Sentar a criança atravessada no rolo, segurando-a pelas coxas e joelhos.

Empurrar devagar o rolo para trás e para a frente, permitindo assim que a criança utilize a musculatura abdominal e se apóie nos pés.

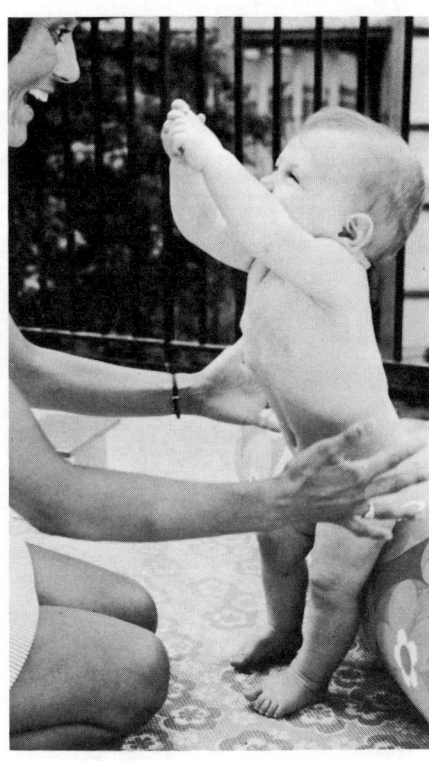

em cima da bola: bão-balalão

Posição. Sentar a criança na bola.

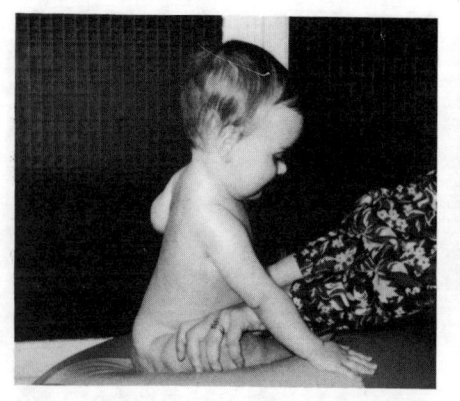

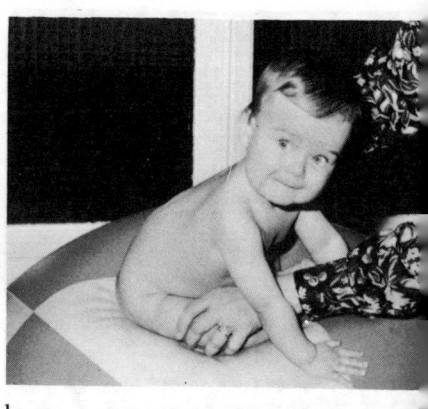

Ficar de frente para a criança, segurando-a pelas coxas (**a**). Inclinar a bola da direita para a esquerda, da esquerda para a direita (**b**), para trás (**c**), para a frente, o que permite à criança usar a musculatura abdominal e equilibrar-se na posição sentada (**d**).

Fazer o mesmo movimento, colocando-se atrás da criança sentada (**e**) ou de joelhos (**f**).

O despertar do bebê 91

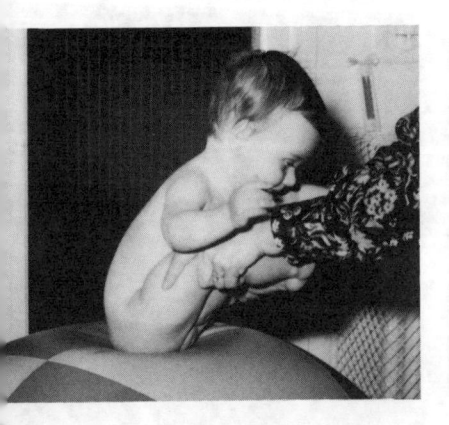

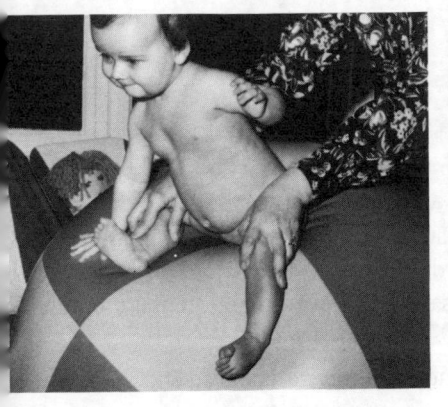

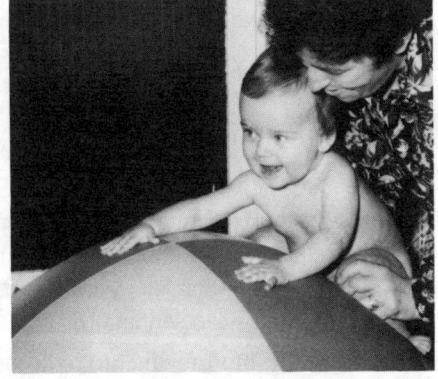

deitado/sentado na bola

Posição. Deitar a criança de costas na bola, segurando-a pelas coxas (**a**).

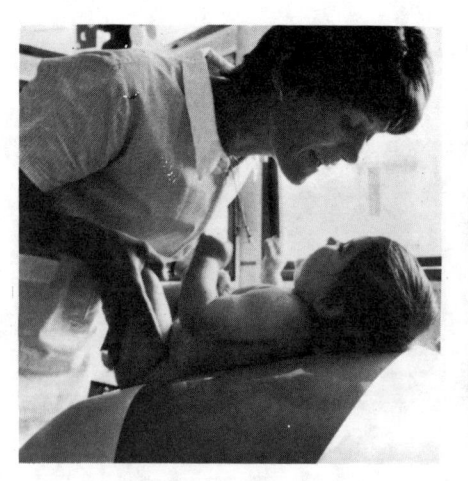

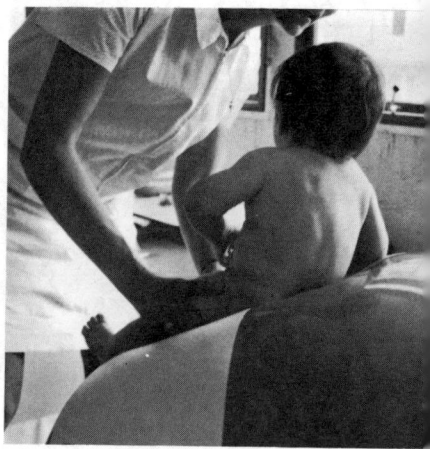

a b

Rolar aos poucos e devagar a bola para trás, inclinando-a levemente para a direita, a fim de que a criança acabe se sentando naturalmente, usando os reflexos para se equilibrar. Ela vai-se apoiar no ombro, depois no cotovelo (**b**), e enfim na mão (**c**), com o braço estendido. Fazer o mesmo movimento inclinando a bola para a esquerda.

Quando a criança está sentada (**d**), continuar a mexer a bola sem fazer movimentos bruscos. Rolar a bola em todas as direções (**e**), dando tempo à criança para reagir a todos os desequilíbrios assim provocados.

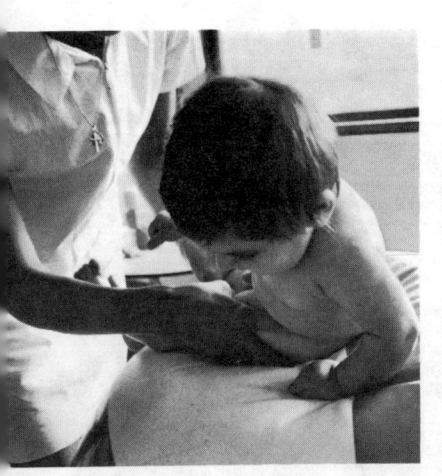

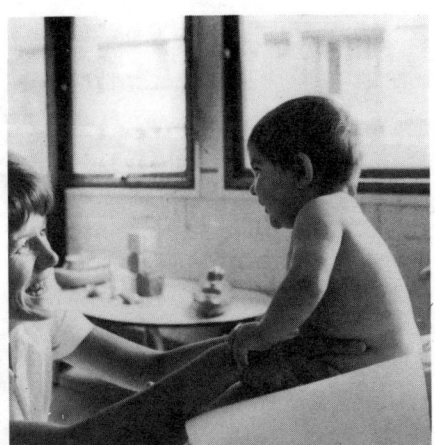

O despertar do bebê 93

d

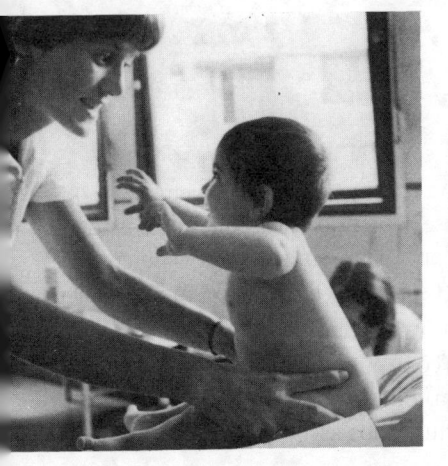

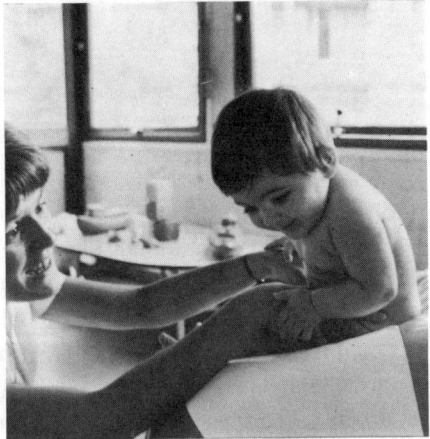

f

deitado/sentado no chão

Posição. Deitar a criança de costas no chão, segurando-lhe as coxas.

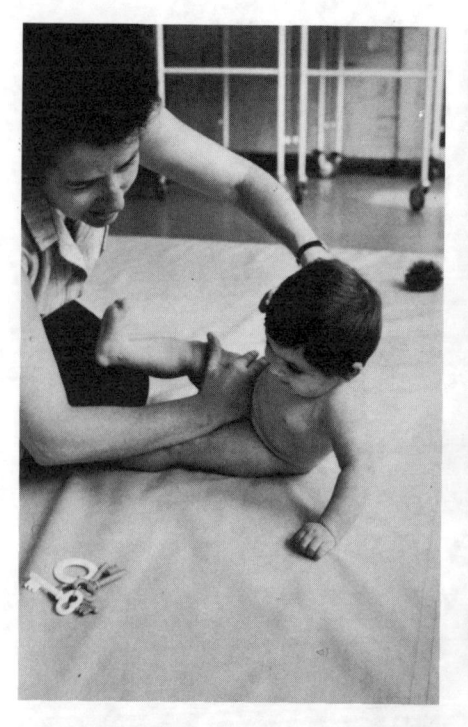

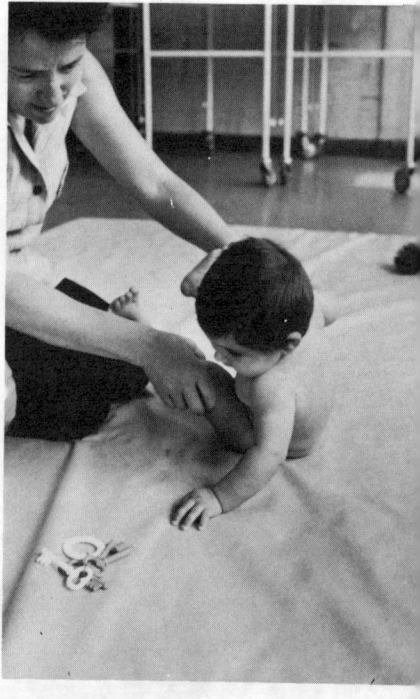

Levantar o ombro direito da criança (orientando o movimento para o lado esquerdo), deixá-la apoiar-se no ombro esquerdo, no cotovelo, na mão (com o braço esquerdo estendido), e enfim sentar-se. Para fazê-la voltar à posição deitada, deixá-la apoiar-se na mão, no cotovelo, no ombro esquerdo. Fazer o mesmo movimento com o outro lado.

Precauções. Prestar atenção para que a criança faça sozinha aquilo de que é capaz; não chegar a cansá-la, perceber o que lhe é possível. Despertar-lhe o interesse, colocando ao seu alcance um brinquedo.

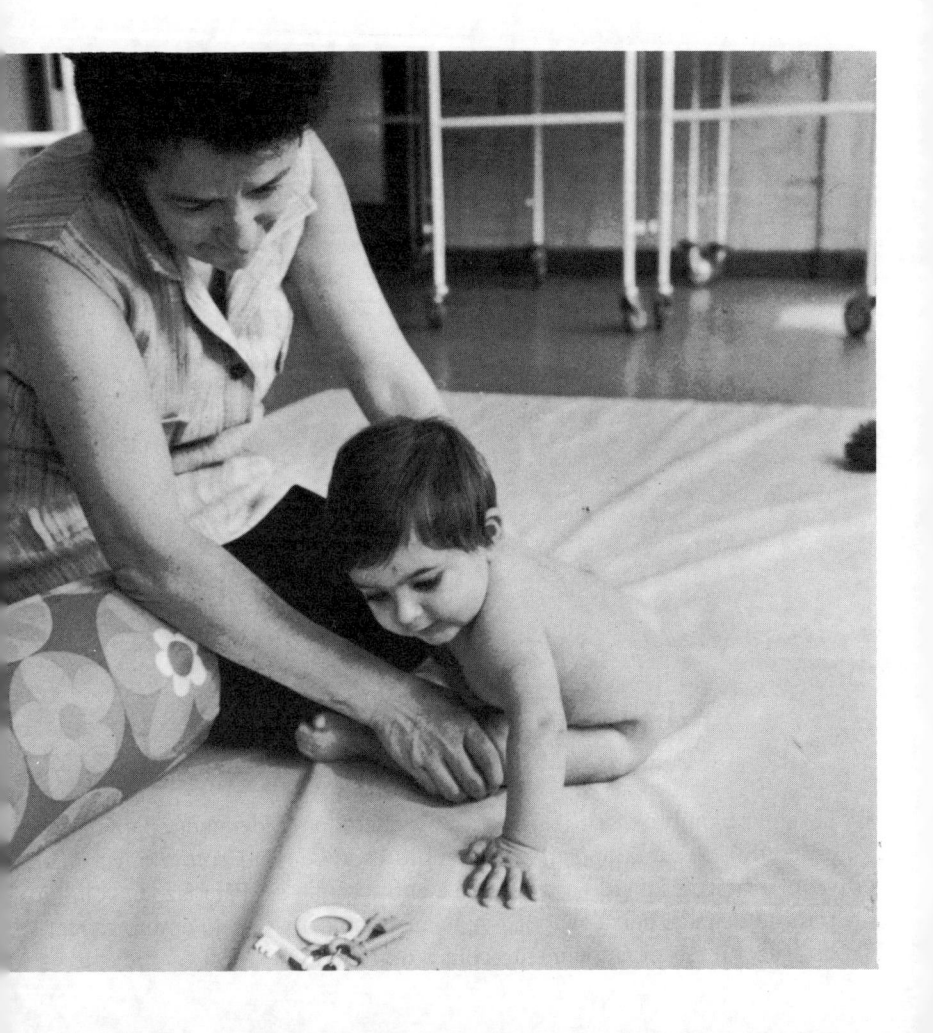

sentado num banquinho

Posição. A criança deve estar sentada num banquinho, pés bem apoiados no chão, tornozelos em ângulo reto em relação às pernas, joelhos em ângulo reto em relação às coxas, quadris em ângulo reto em relação ao tronco.

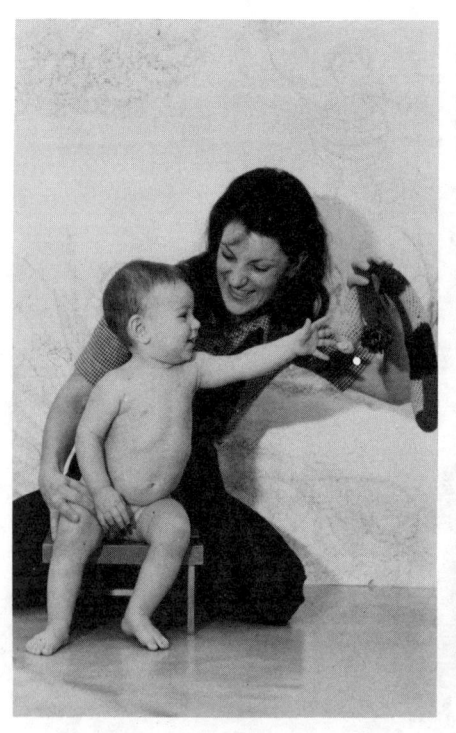

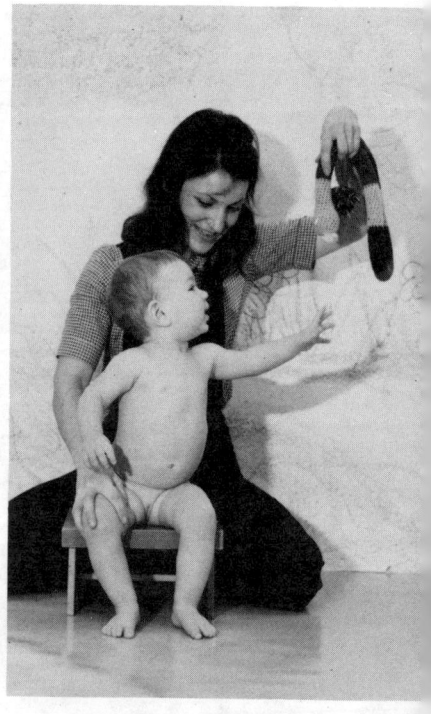

A mãe fica por trás da criança, segurando-a apenas por uma coxa, evitando qualquer apoio dorsal. Dar tempo à criança para procurar e encontrar o equilíbrio. Ela vai endireitar as costas, virando-se para um lado, para o outro, apoiando-se com os pés no chão.

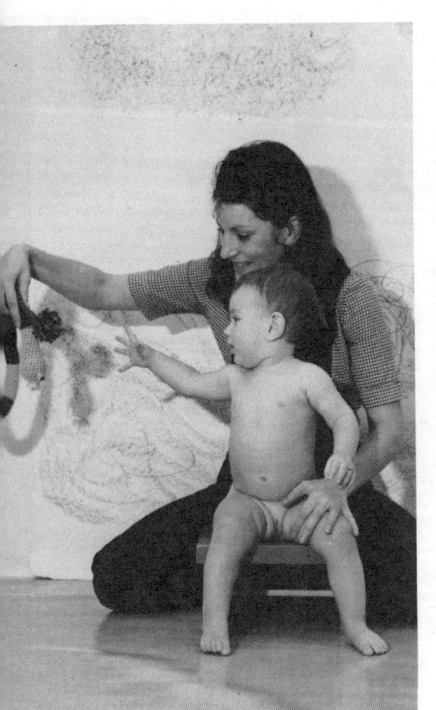

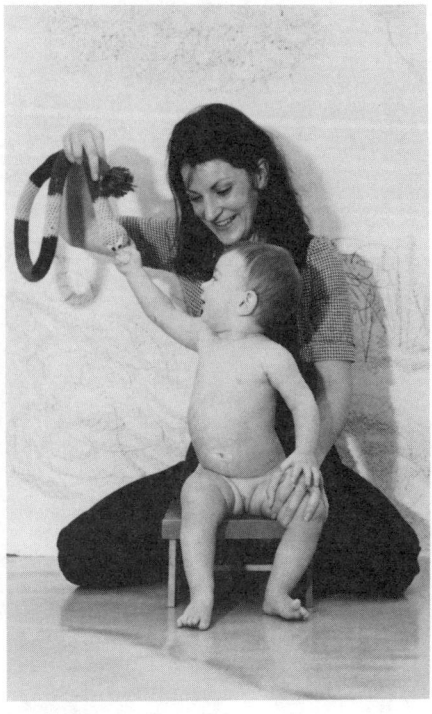

98 Janine Lévy

rastejar/de quatro

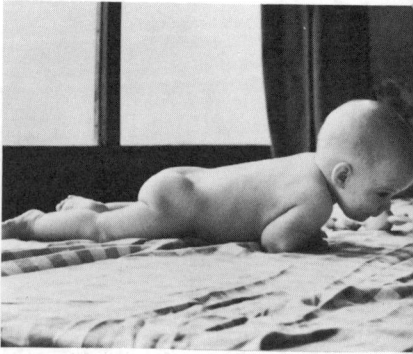

→

→

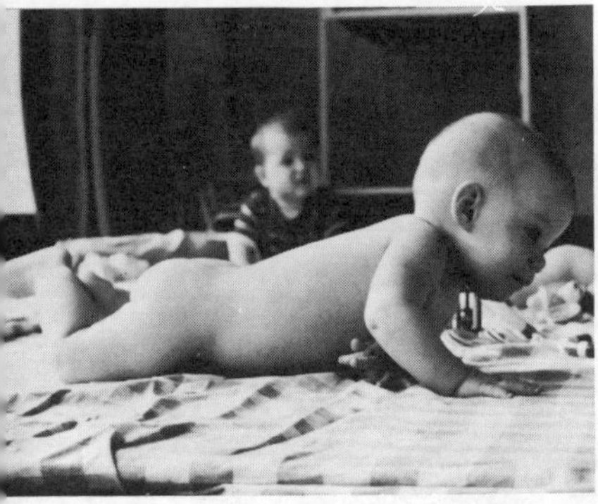

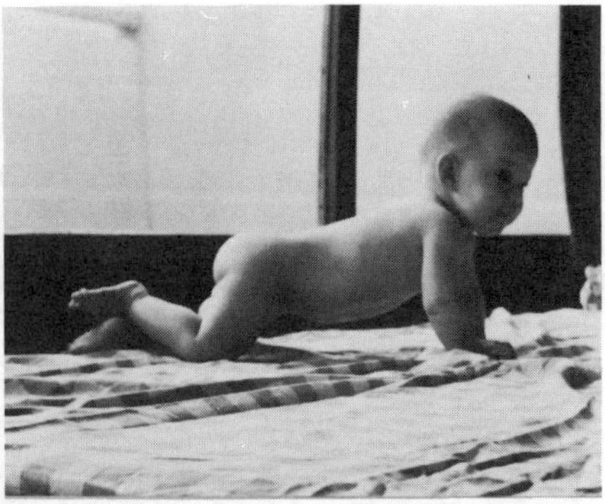

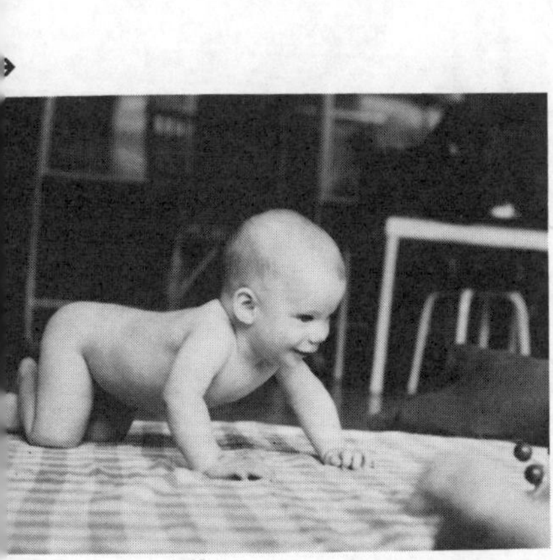

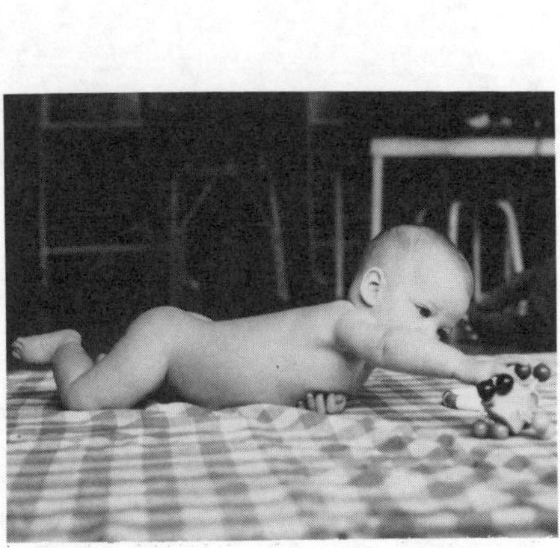

jogos com o rolo

a cavalinho

Posição. A criança e a mãe a cavalinho no rolo. Segurar a criança pelas coxas ou pela bacia.
Inclinar o rolo para a direita e para a esquerda, para que a criança se apóie alternativamente num pé e noutro. Parar entre cada movimento para que a criança perceba bem o papel desempenhado pelos pés.

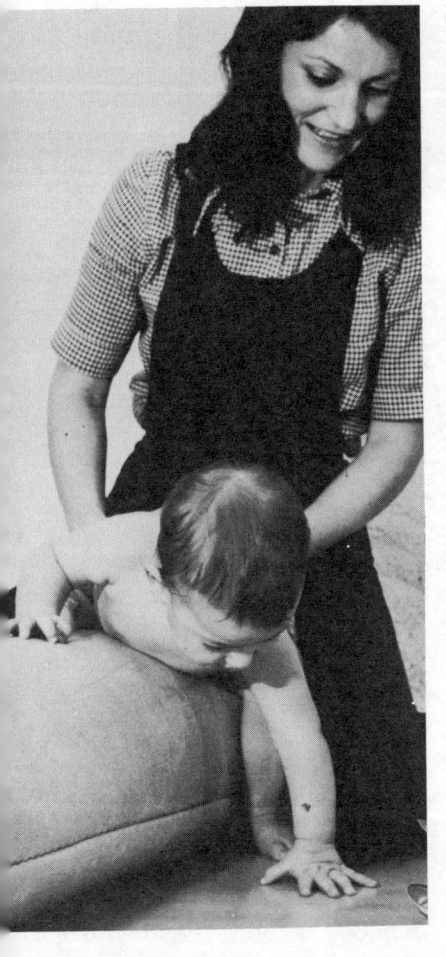

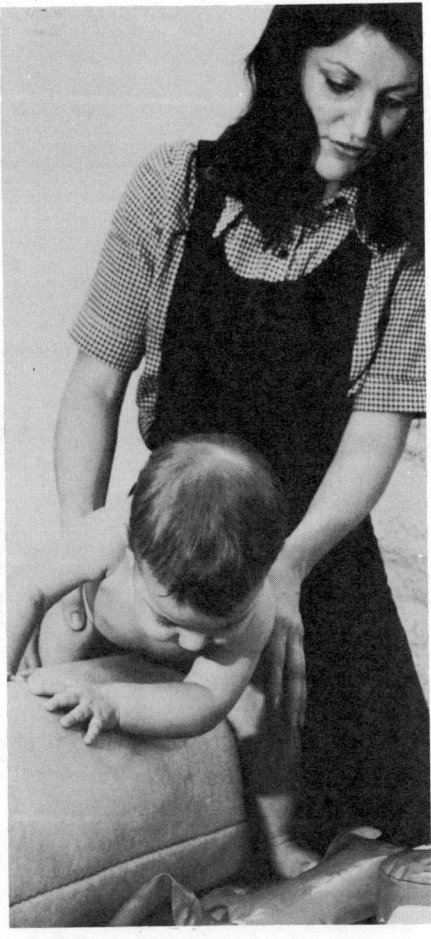

de quatro/de joelhos

Posição. Colocar a criança de quatro em cima do rolo (ou em cima da perna do pai).

Fazer com o rolo um leve movimento para trás, levando a criança a se apoiar alternativamente nos joelhos e nas mãos. Dentro de um mínimo de tempo, consegue-se uma participação ativa das pernas e braços.

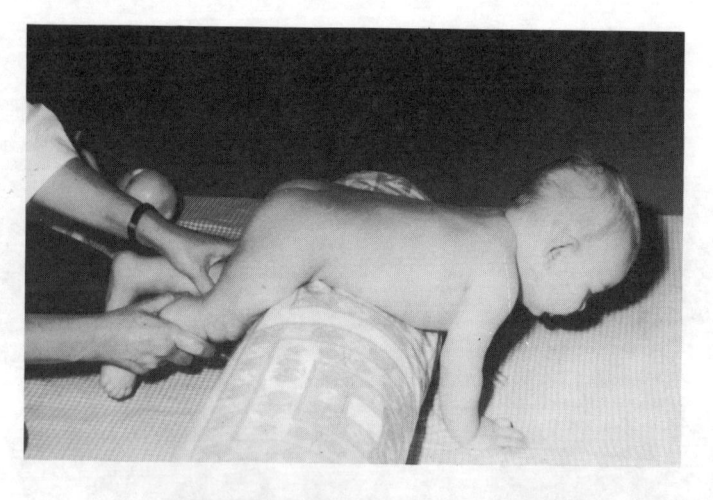

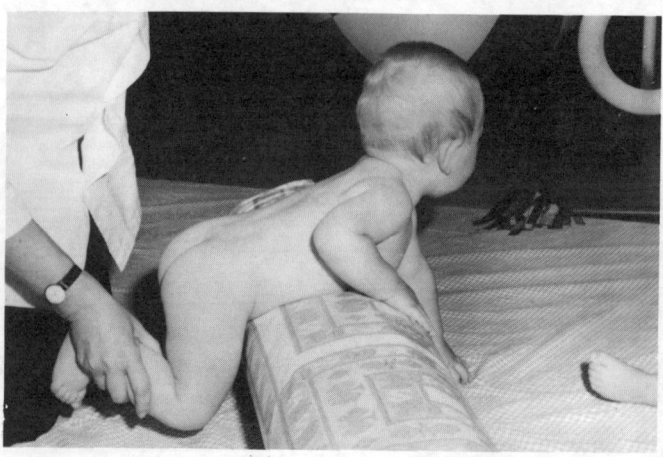

de quatro/ereto

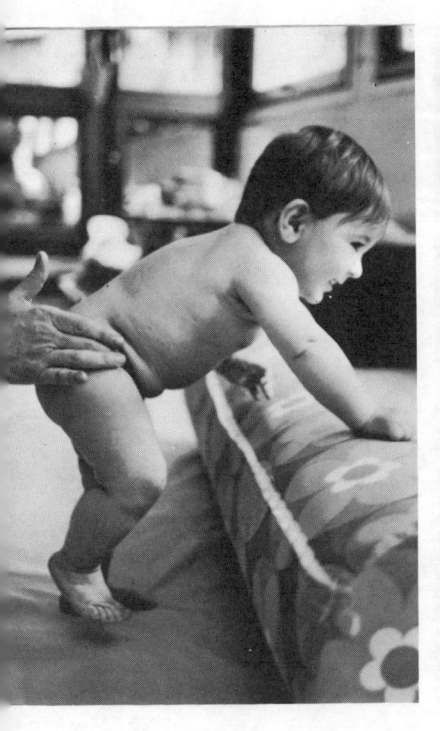

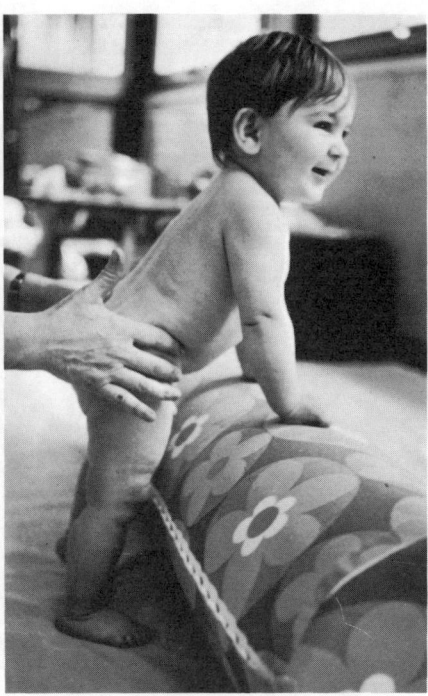

Posição. A criança apoiada no rolo, de quatro, e em seguida com braços e pernas esticadas.

Fazer com o rolo um movimento que a criança acompanhará apoiando-se com as mãos, conseguindo progressivamente erguer-se.

sentado/de pé

Posição. A criança sentada atravessada no rolo. A mãe, na frente, segura-a pelas coxas.

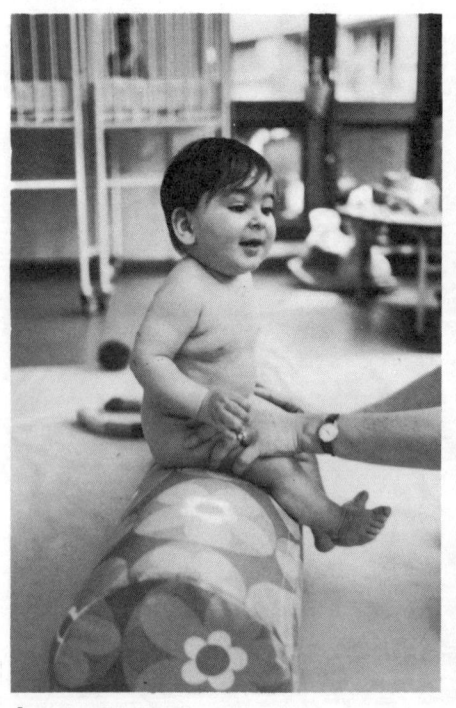

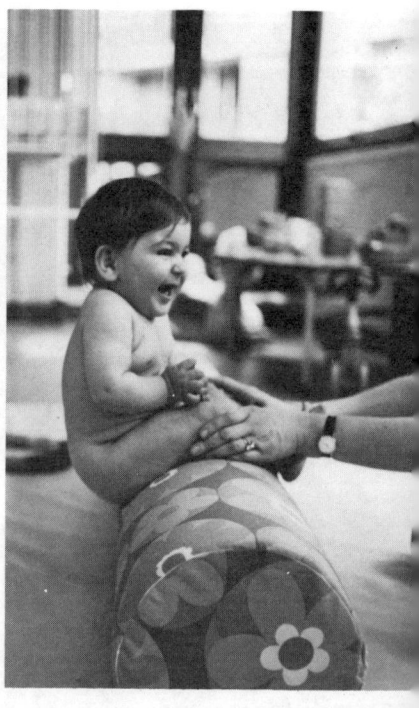

→

Fazer com o rolo um movimento para trás e depois para a frente: a criança vai procurar vencer os desequilíbrios assim provocados.

O despertar do bebê 105

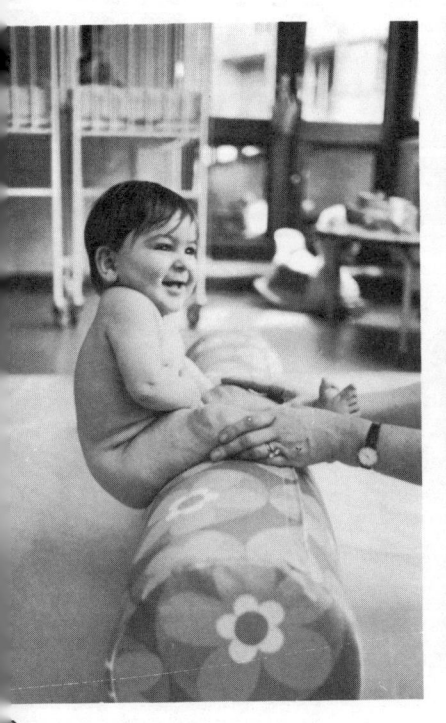

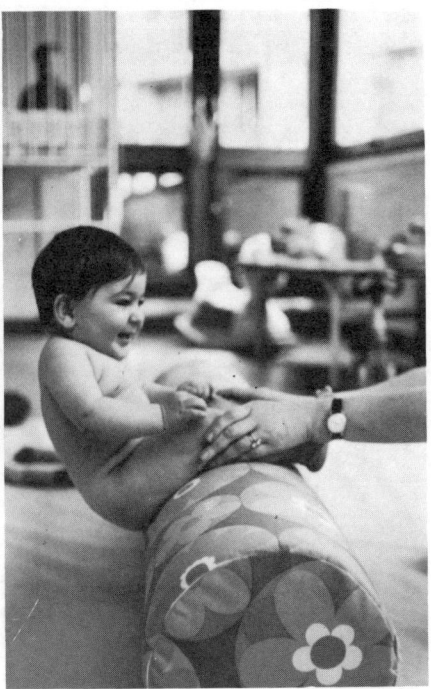

→

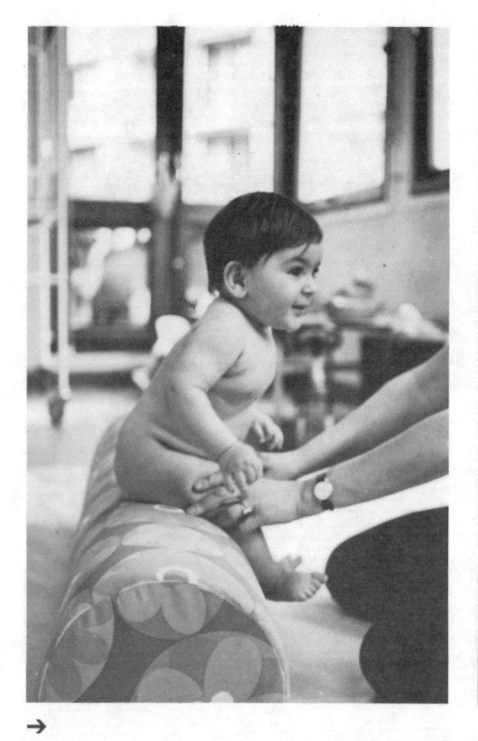

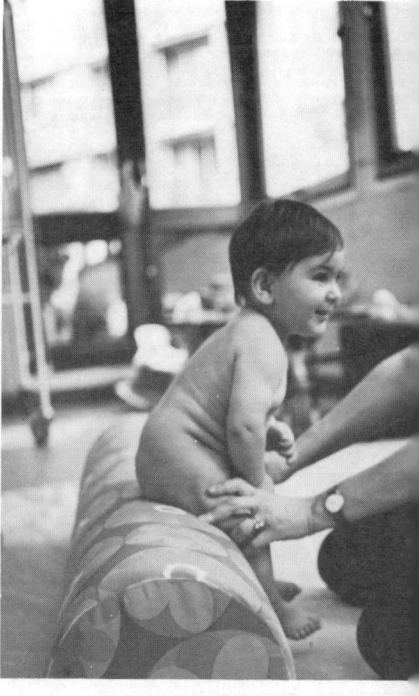

A criança vai passar naturalmente da posição sentada à posição de pé.

Precauções. O movimento deve ser feito bem devagar.

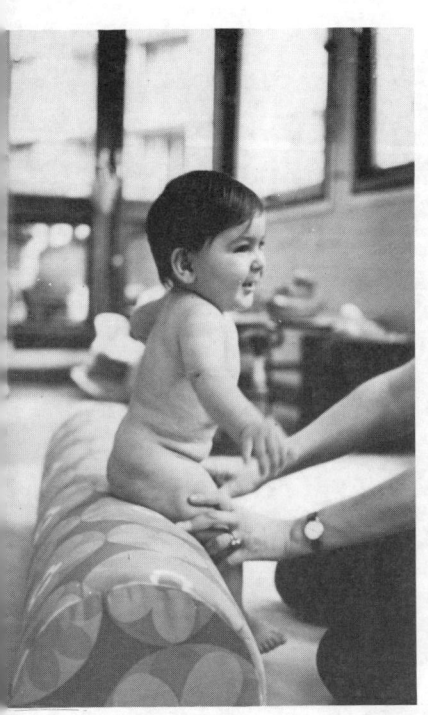

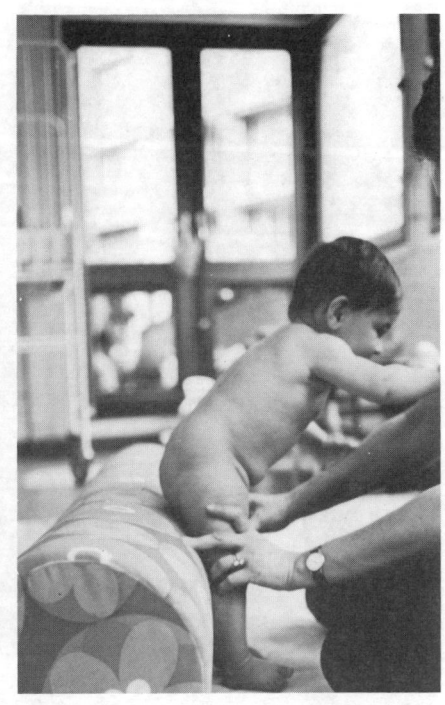

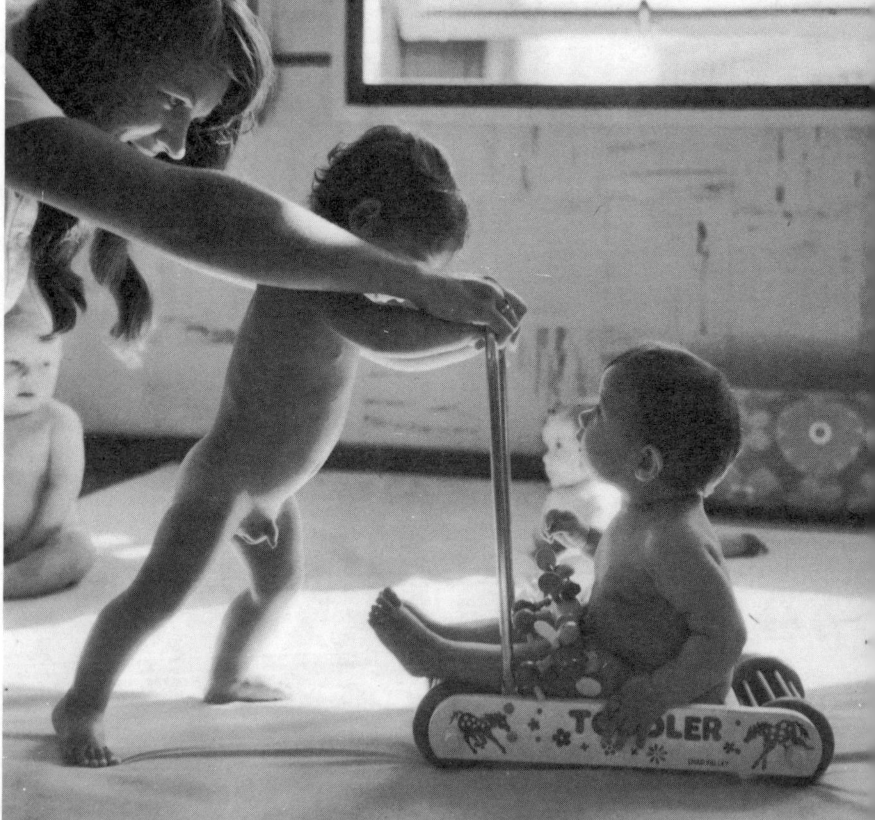

Quarta fase:
De nove a quinze meses (e além)

Esta é a idade em que a criança experimenta de fato o prazer que lhe proporciona a atividade motora. Ela tem vontade de alcançar tudo, de agarrar tudo, de "fazer tudo sozinha".

Mas, para progredir, ela precisa da presença carinhosa, estimulante e tranqüilizadora do pai e da mãe.

É a idade do prazer compartilhado.

O que você pode fazer com o seu bebê?

A ginástica: Neste período, a ginástica só deverá ser feita se parecer necessária (musculatura insuficiente).

Movimentos globais: Os movimentos globais serão jogos que precisam da adesão total da criança. Nunca procurar impô-los; trata-se de "insinuar" o movimento, de consolidar as aquisições anteriores, e de tornar possíveis as novas. Essa busca torna-se uma verdadeira "brincadeira" se houver alguém perto da criança quando ela está disposta, alguém que a ajude, que lhe dê segurança, que lhe permita tomar consciência de si mesma, enfim, de ser auto-suficiente. Repetimos que não se trata de fabricar bebês precoces, mas de ajudar **a criança a se sentir "bem" no seu corpo.** Podemos assim evitar aquele período difícil em que a criança vive com a barriga para a frente, as nádegas forçadas, sempre à procura do equilíbrio precário, com o grupo muscular mais forte dominando o mais fraco, dando oportunidade a todas as deformações conhecidas, a maior sendo a cifolordose. A cada estágio, procuramos dar à criança a ocasião de colocar o corpo, de desenvolver harmoniosamente sua musculatura.

Objetos como os bastões, o arco, o carrinho, permitem à criança libertar-se da mão do adulto, do apoio muito direto.

O que você deve saber

O instante privilegiado da primeira posição de pé pertence a você.

Você deve estar com as mãos colocadas na altura dos quadris da criança, sustentando-a. Quando o corpo dela ficar tranqüilo, você perceberá que ela encontrou o equilíbrio. O olhar, um sorriso de conivência vão mostrar-lhe que ela descobriu algo de maravilhoso. No momento seguinte, ela vai esboçar o primeiro passo, **o dela,** não aquele que lhe é imposto pelo adulto, mas aquele que ela quer e pode fazer.

A alegria e o orgulho dessa criança, a cada nova aquisição, serão evidentes.

O olhar inquieto, curioso; em seguida, tranqüilo; e, enfim, feliz serão verdadeiras recompensas para a pessoa que foi o instrumento dessa conquista.

Sugestões para a vida quotidiana

Como falar com ela? A criança compreende. Ela responde a indicações como: "Abra a boca, dê-me a mão, vá buscar o brinquedo." Escolher a hora do banho, da refeição, do passeio, para mostrar, através de palavras simples mas precisas, as imagens, brinquedos, pessoas, os atos da vida quotidiana.

A hora do banho. A criança pode lavar-se praticamente sozinha.

A roupa: Sempre roupas simples. A criança pode começar a vestir-se sozinha. A paciência que você tiver vai redundar em uma posterior economia de tempo e, principalmente, você estará ajudando seu filho a adquirir autonomia. Os sapatos devem ser macios, só sendo necessária a palmilha, a conselho médico. Se o lugar permitir, andar descalço é sempre a melhor solução.

As refeições: Deixá-la comer sozinha. Dar-lhe uma colher, mais tarde um garfo. No início, vai haver muita sujeira; mas, aos poucos, você vai ensiná-la a comer corretamente.

Liberação das fraldas: Nunca ser tentada antes dos 15 ou 18 meses.

Passeios, espaço: Deixar a criança em contato com outras crianças, no parque, no monte de areia. Deixá-la fazer livremente suas experiências. Fazer com que ela ande em terrenos diferentes.

Jogos: Subir no escorregador, subir escadas, descer degraus, rolar pelas encostas, cair, levantar-se...

sentado/de quatro

Posição. Sentar a criança no chão, com as pernas levemente afastadas (**a**). Deixar ao seu alcance os brinquedos preferidos.

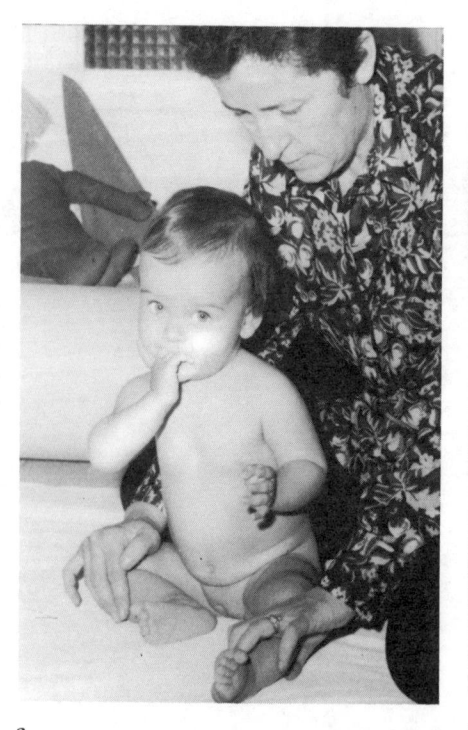

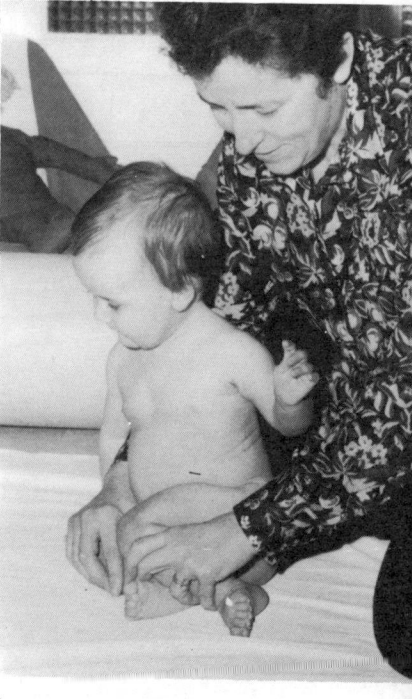

a

b

Encostar o pé direito da criança na coxa esquerda, dobrar a perna esquerda por cima da direita (**b**). Com a mão esquerda segurar-lhe os tornozelos e com a direita (passada por baixo do braço) segurar a criança por baixo do braço esquerdo (**c**).

Finalidade. Permitir que a criança se desloque ou que alcance o objeto desejado.

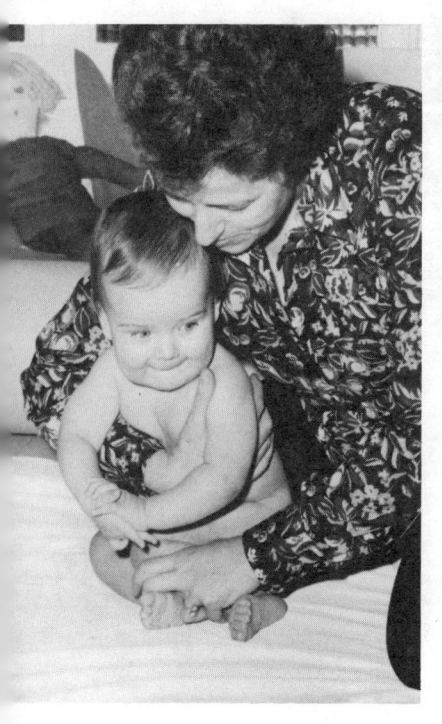

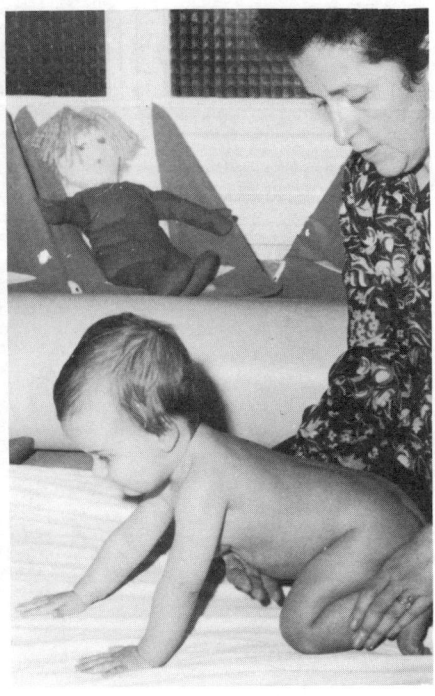

d

Dar ao tronco um movimento de rotação para a direita, de modo a colocar a criança de quatro (**d**).
Fazer o mesmo movimento do outro lado, ou seja, colocando o pé esquerdo contra a coxa direita, etc.

de quatro/coelhinho

Posição. Colocar a criança de quatro no chão (**a**).

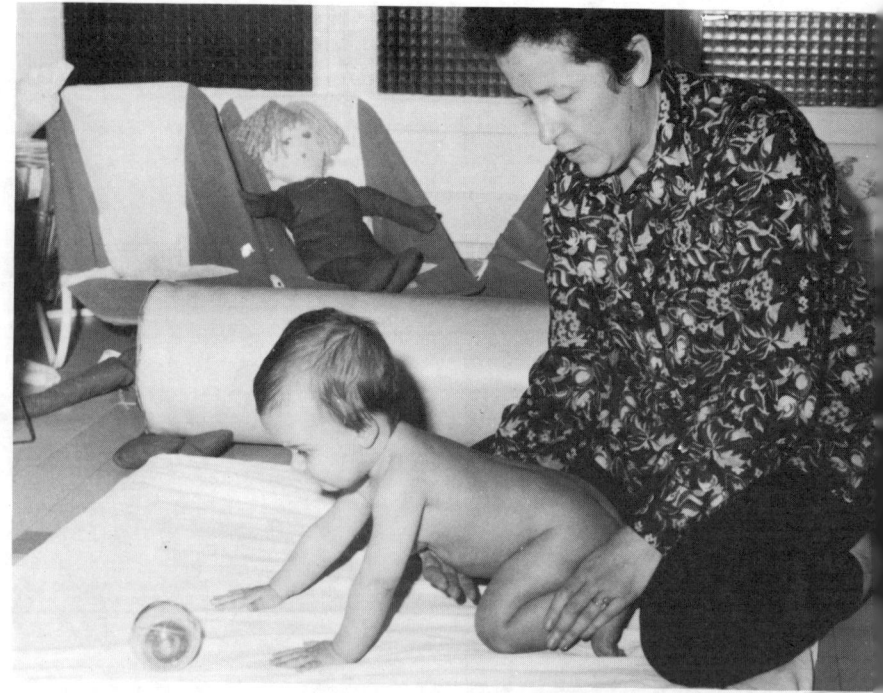

a

Fazer com que a criança encoste as nádegas nos calcanhares e mantenha o busto erguido (**b**). Mostrar-lhe um brinquedo à altura dos ombros para que ela se vire de um lado e do outro.

Finalidade. Facilitar a independência do tronco com relação às pernas.

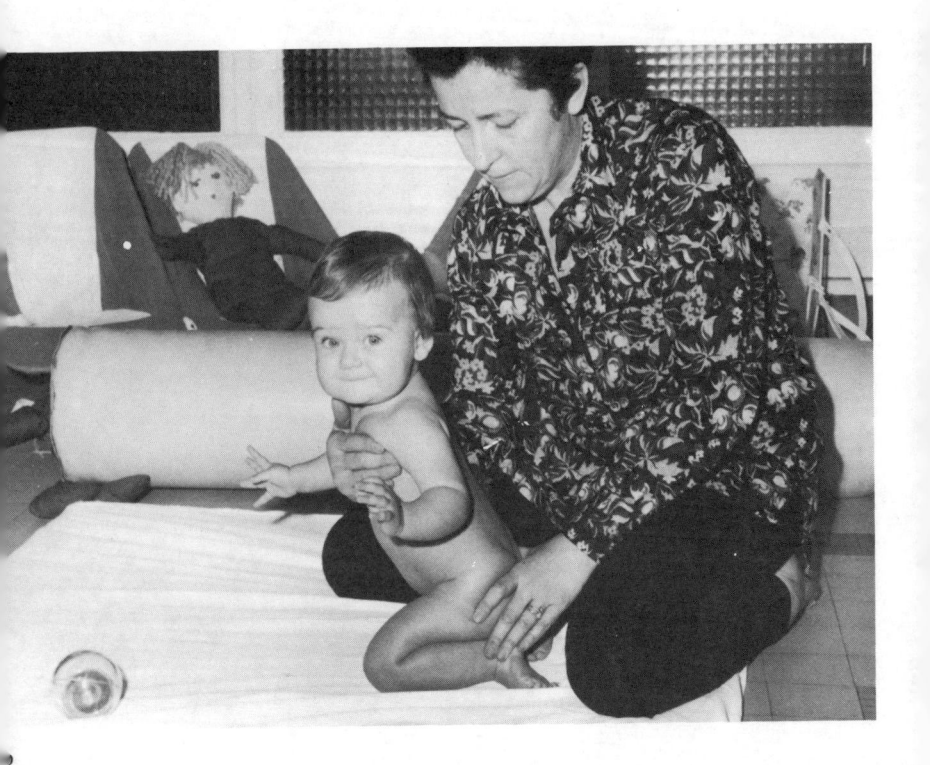

coelhinho/posição de reverência agachado/de pé

Posição. Sentar a criança sobre os calcanhares (coelhinho), com o busto erguido.

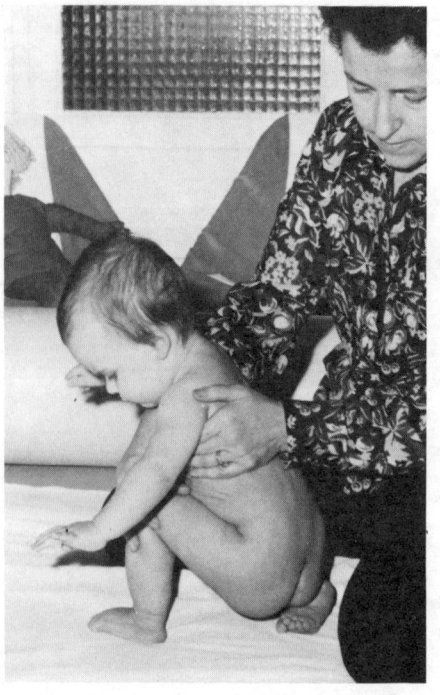

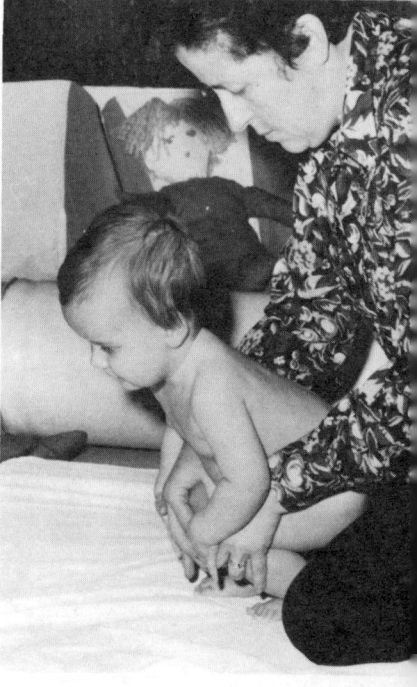

a   b

Colocar uma das pernas para a frente, o pé encostado no chão, segurando a criança por baixo dos braços (reverência) (**a**). Trazer em seguida a outra perna para a frente, os pés encostados no chão: a criança fica agachada. Fazer com ela um movimento de vaivém, de trás para a frente (**b**). Um dia ela vai-se pôr de pé (**c**).

No dia em que a criança fica de pé, ela tem tendência a jogar o corpo para trás, ficando na ponta dos pés, levantando os calcanhares. É um momento muito importante e o único em que não se deve acompanhar o movimento instintivo. Retomar o movimento a partir da posição agachado. Segurar a criança na altura dos joelhos, dar-lhe o movimento de balanço para a frente, de modo que o peso do corpo recaia sobre a parte da frente dos pés. Com uma mão manter os joelhos, com a outra segurar o tórax, a fim de ajudar a criança em seu movimento para a posição de pé. Ficar atento para que o peso do corpo recaia na parte da frente, com a região lombar levemente arqueada.

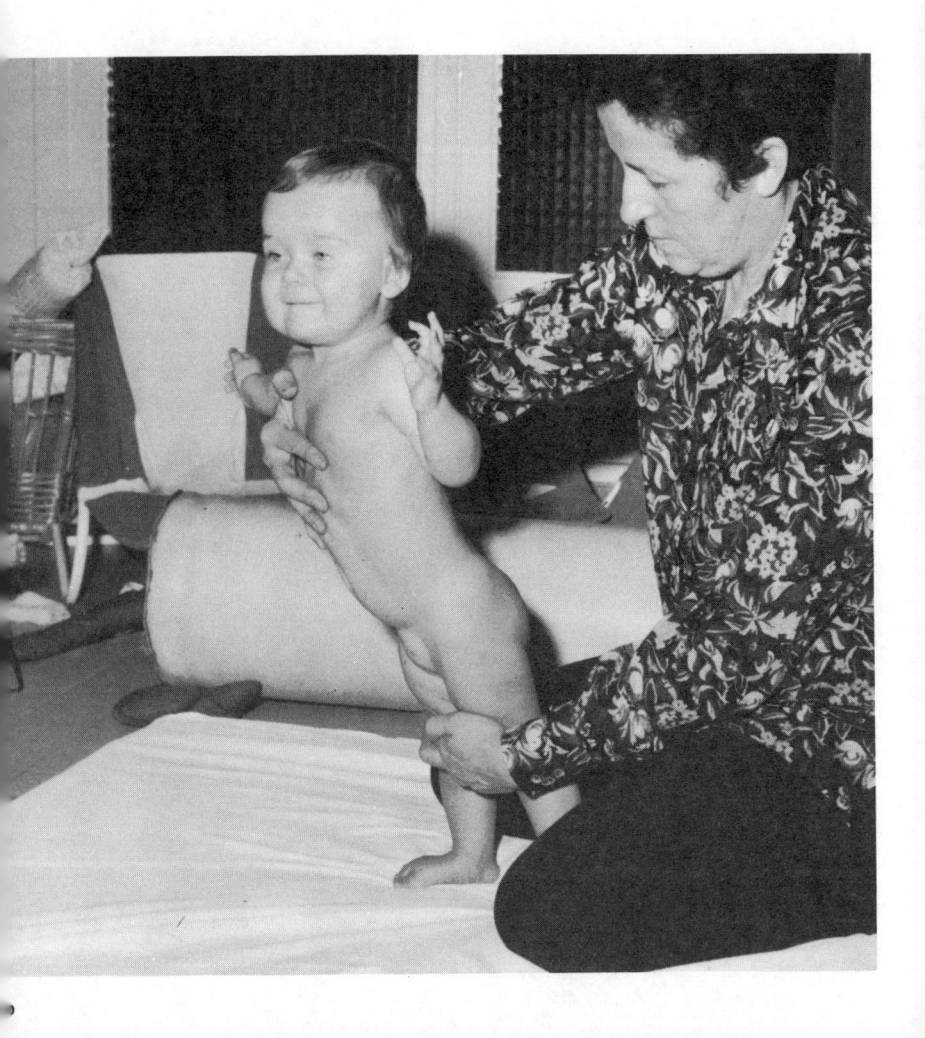

jogos com o carrinho

de quatro/de pé

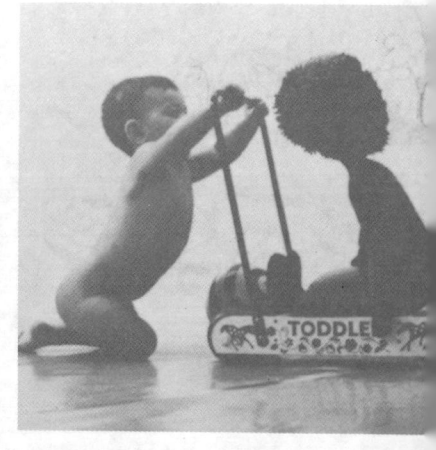

→

Posição. Colocar a criança de quatro.
Ela vai-se pôr de pé com a ajuda do carrinho.

sentado/de pé

Posição. Sentar a criança no banquinho, segurando-a de leve pelo peito ou pela bacia.

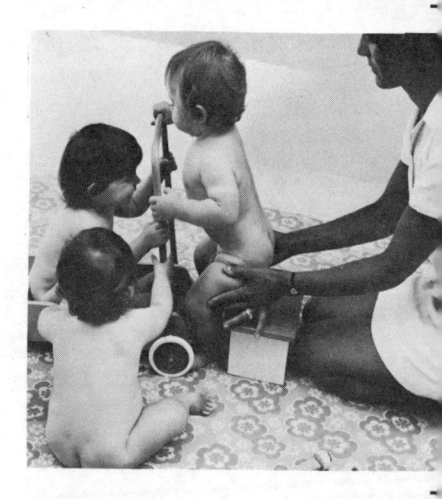

O despertar do bebê 121

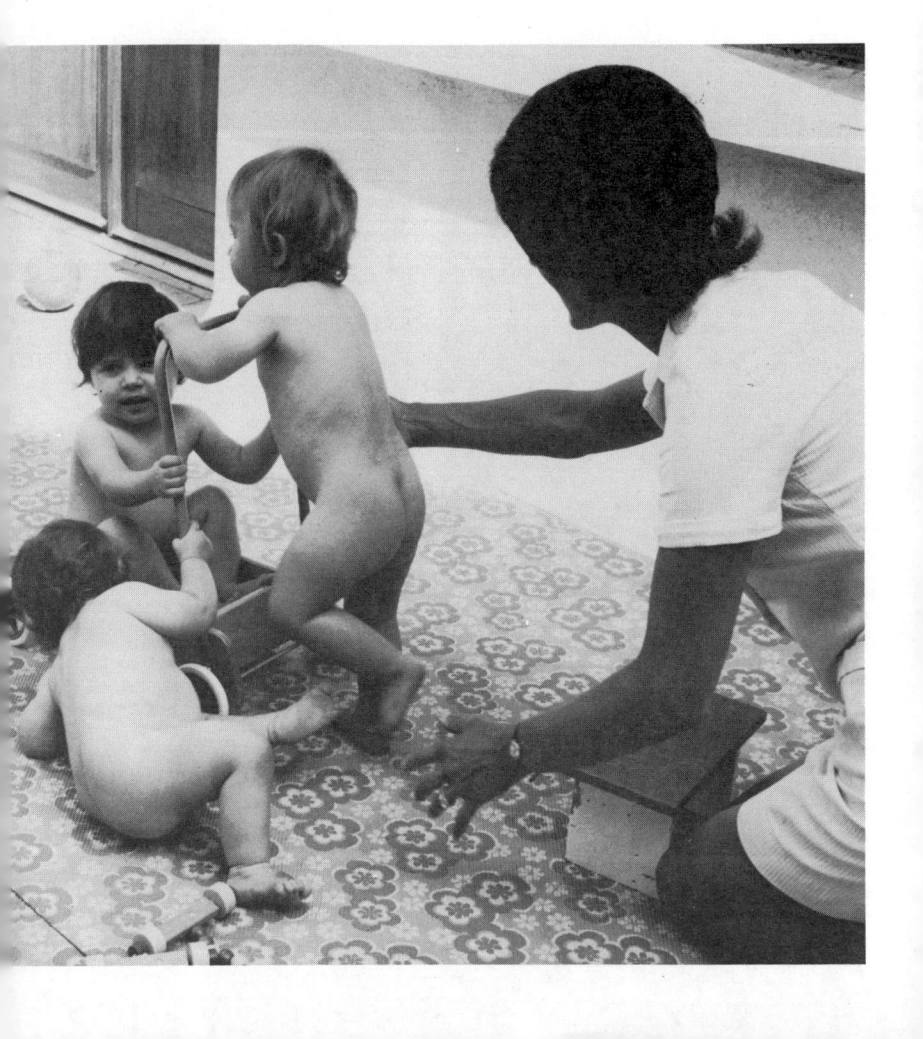

primeiro passo

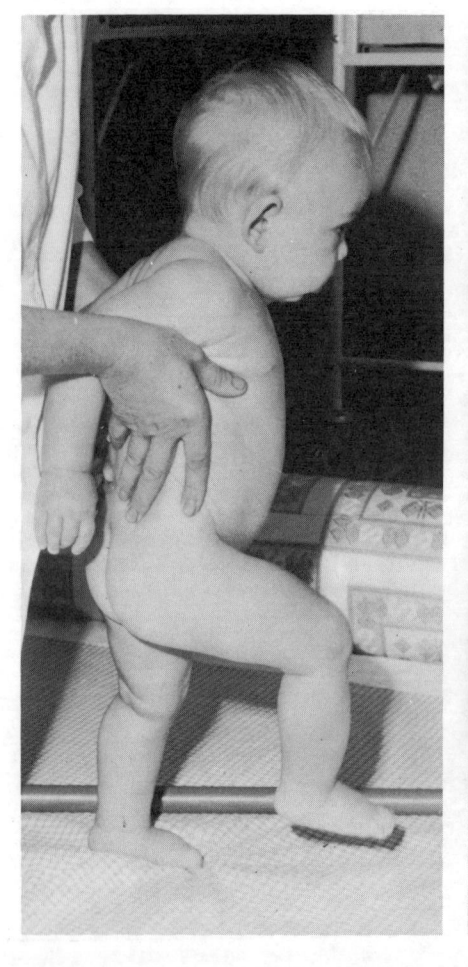

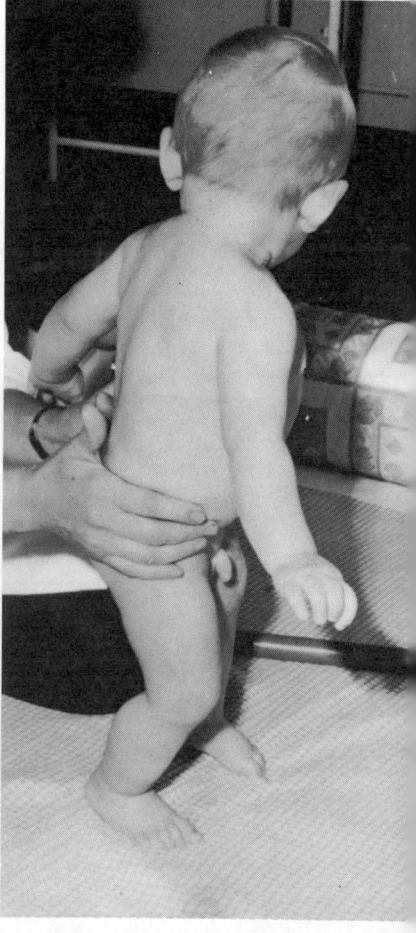

Quando a criança fica de pé pela primeira vez, é preciso deixá-la primeiro gozar dessa nova sensação. Segurá-la pela bacia ou pelos rins.

Fazer com que ela vire o busto para um lado, depois para o outro, com os pés encostados no chão, o corpo ligeiramente projetado para a frente. Saber esperar, perceber o momento em que a criança entende, descobre, adquire. Muitas vezes, no momento seguinte a essa descoberta, a criança, nessa posição, dá o primeiro passo.

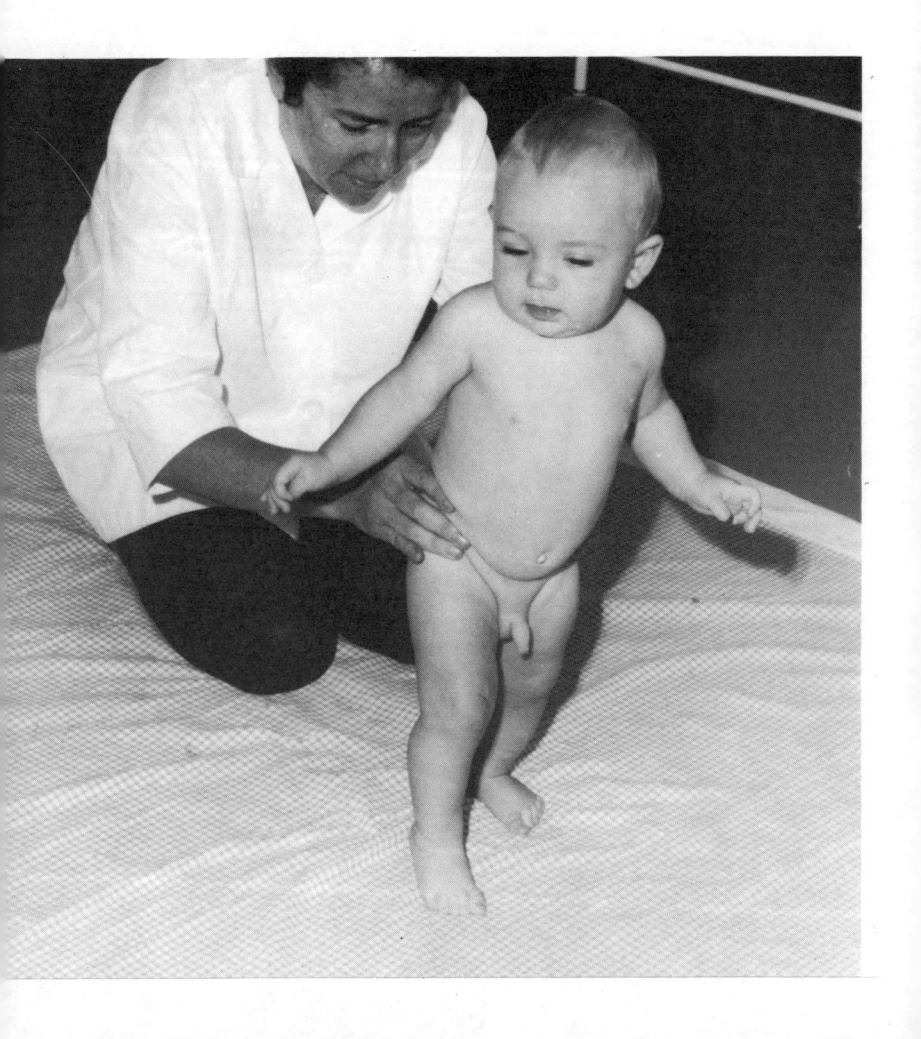

os bastões

Posição. A criança em pé segurando um bastão de cada lado.

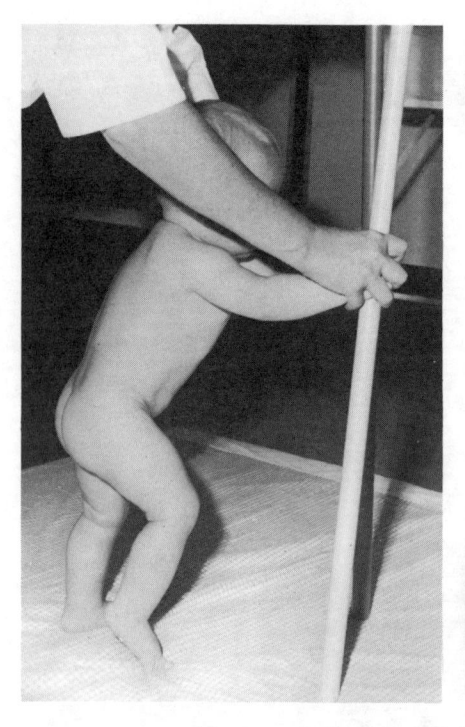

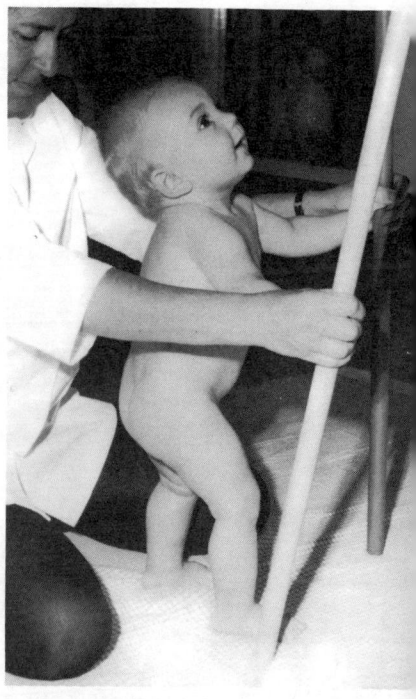

A criança segura os bastões; colocada atrás dela, a mãe põe as mãos sobre as da criança, fazendo um movimento para a frente, para trás, sem mudar de lugar, a fim de não assustar a criança; em seguida, põe as mãos mais acima. Repete o movimento. Quando a criança se sente confiante, tranqüila, inclinar os bastões para a frente. A criança dá um passo. Todas as progressões são possíveis: avançar os dois bastões, recuar, pô-los de um lado, do outro, colocar-se na frente da criança, de lado.

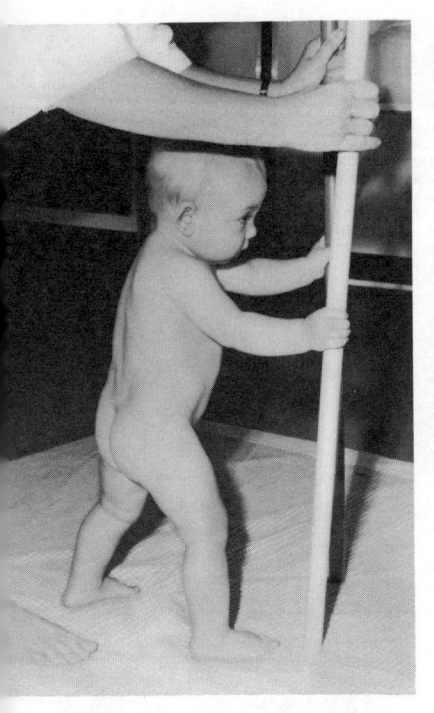

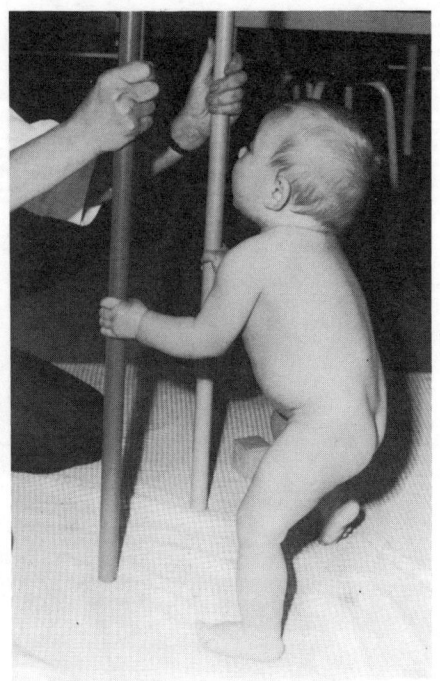

o arco

Posição. A mãe de frente para a criança, segurando ambas o arco com as duas mãos.

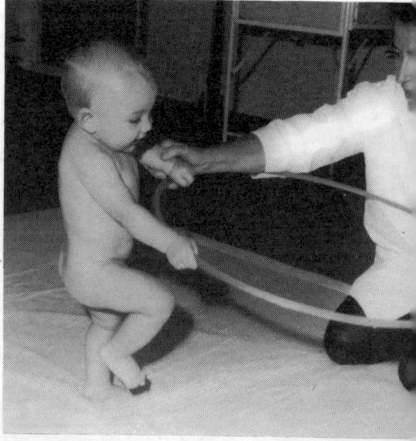

Andar à roda, conseguir um passo para a frente, para trás, para o lado, a posição agachado, de pé... Servir-se do canto e do ritmo.

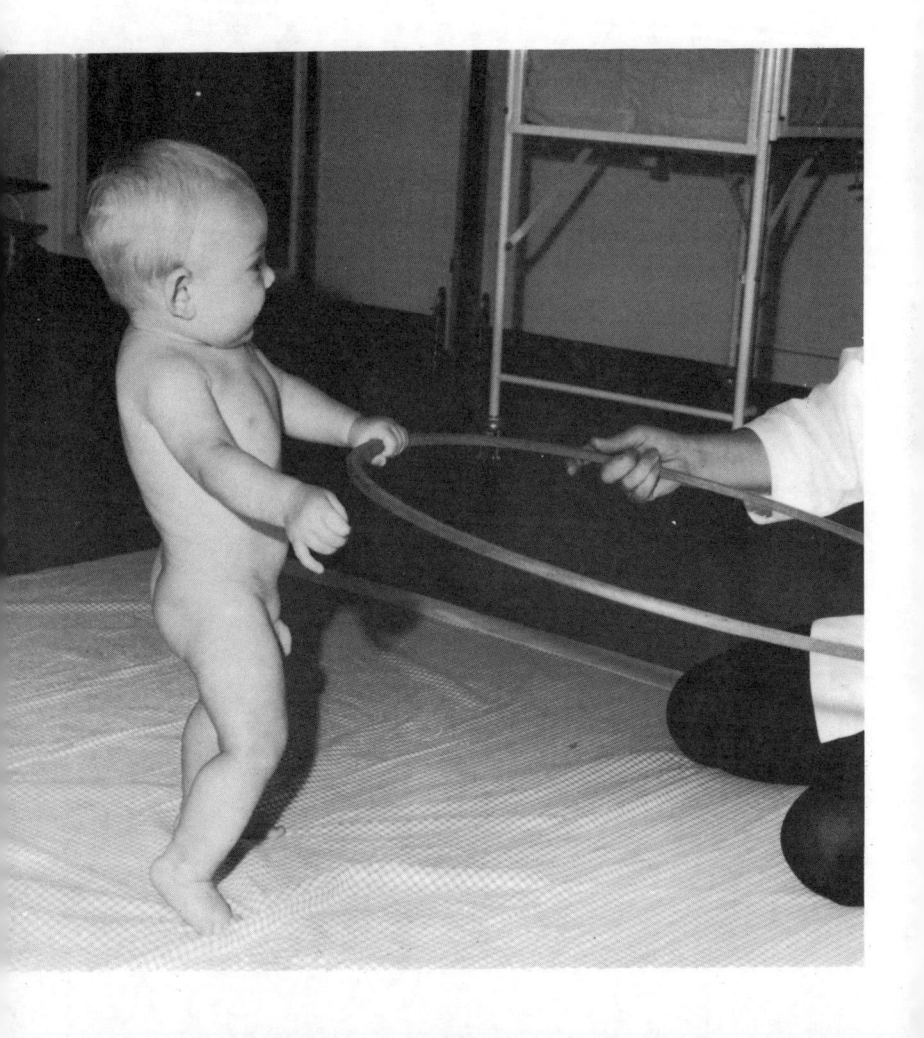

a conquista da independência

O despertar do bebê 129

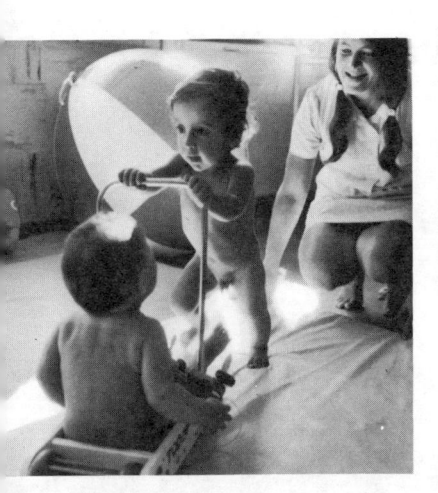

Deixar a criança decidir sozinha. Deixá-la escolher o momento que lhe convém. Você vai ver como um dia ela vem até você ou se larga sozinha para a frente, tranqüila e naturalmente, altiva e feliz.

o essencial destas práticas

a criança livre

O despertar do bebê 131

a mão do pai

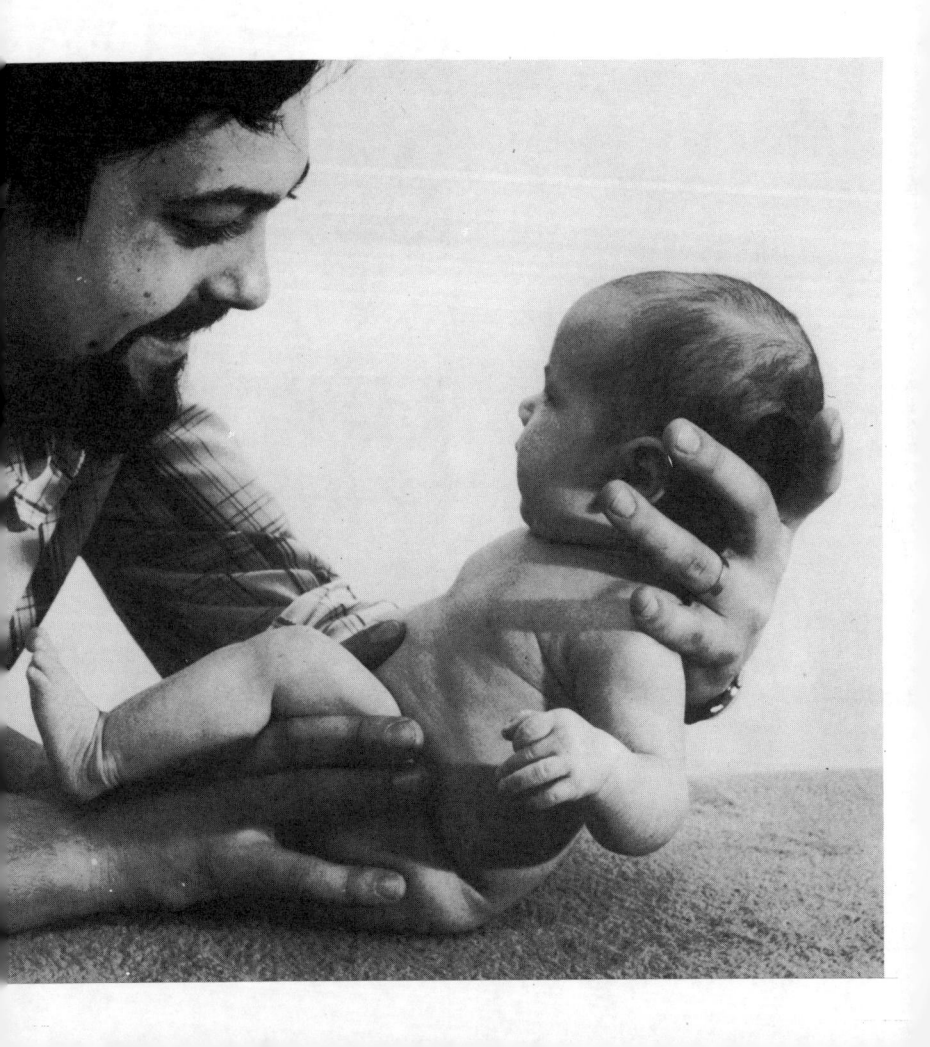

**posição sentada
sem apoio,
pés encostados
no chão**

→

rotação do tronco

→

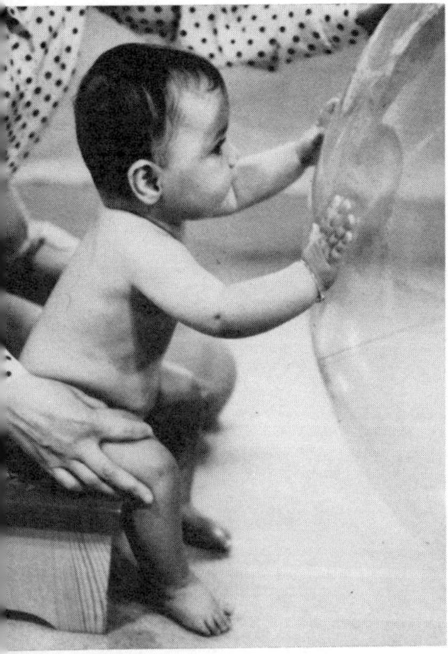

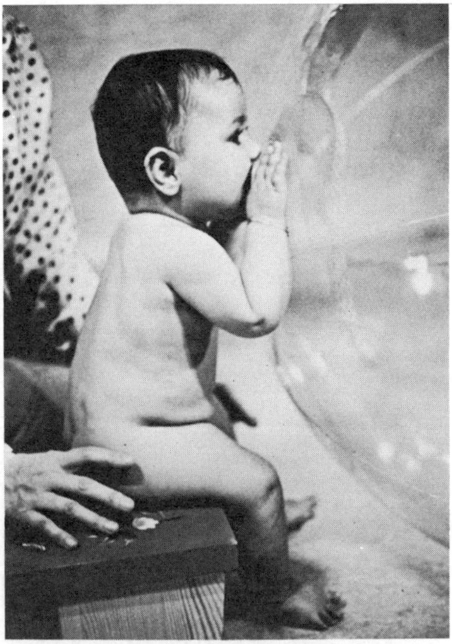

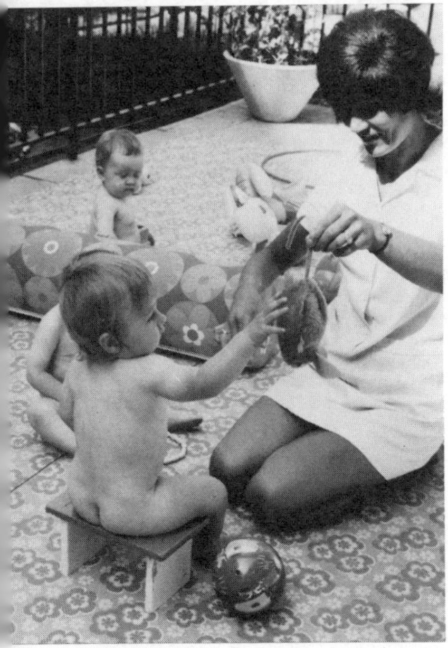

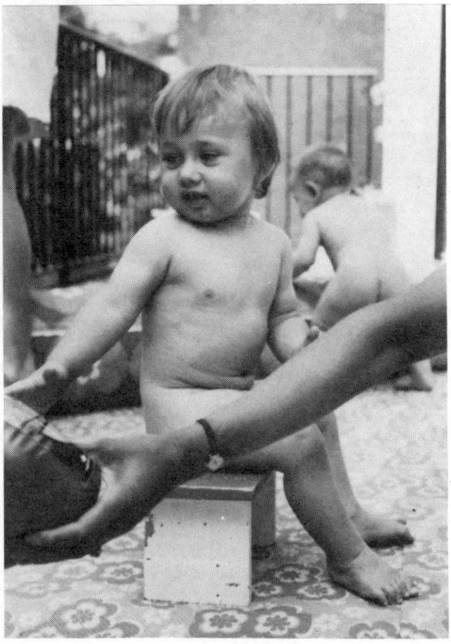

busca do equilíbrio de pé

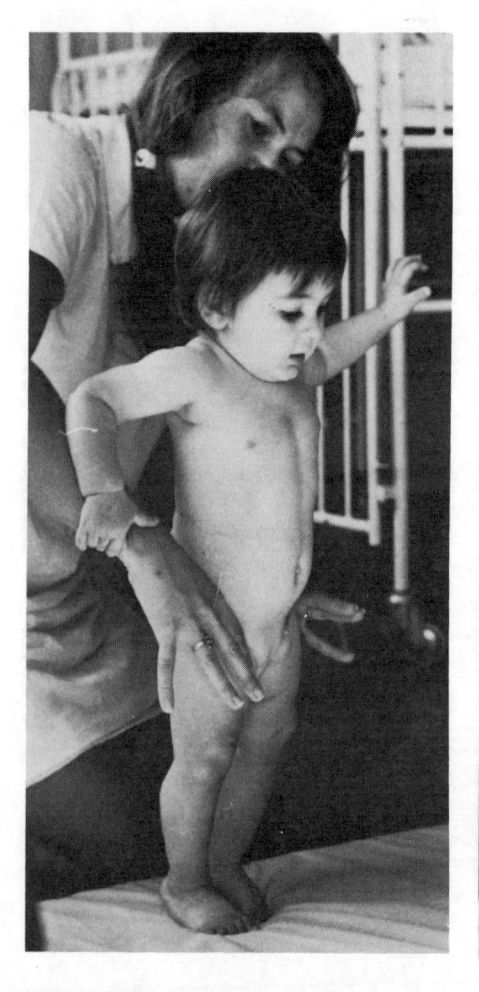

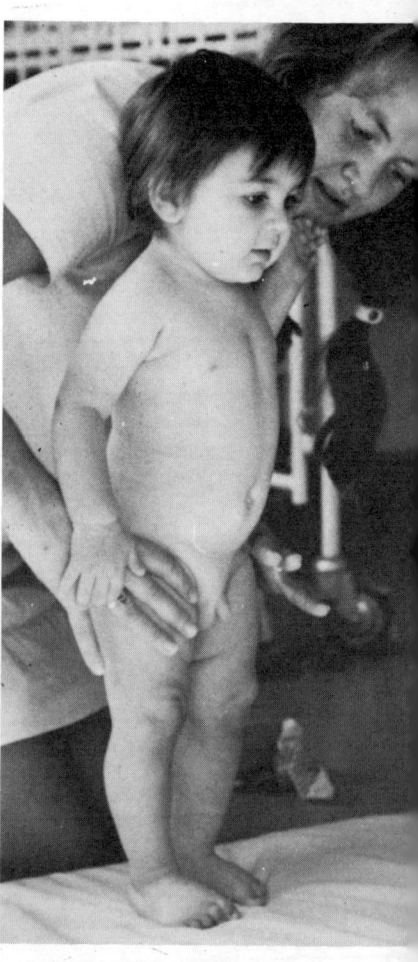

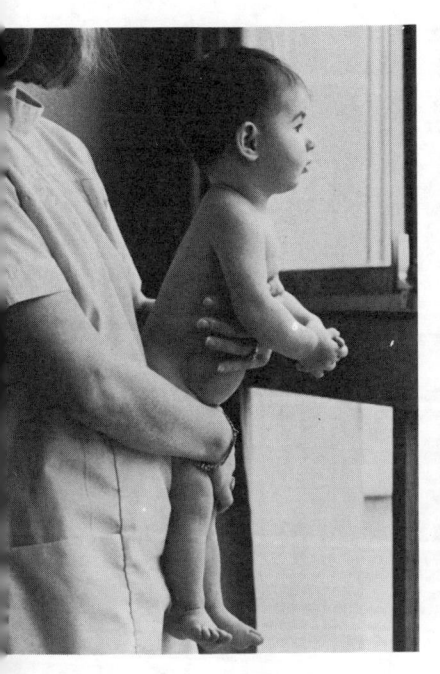

as maneiras de carregar a criança

jogos com outras crianças

O despertar do bebê 137

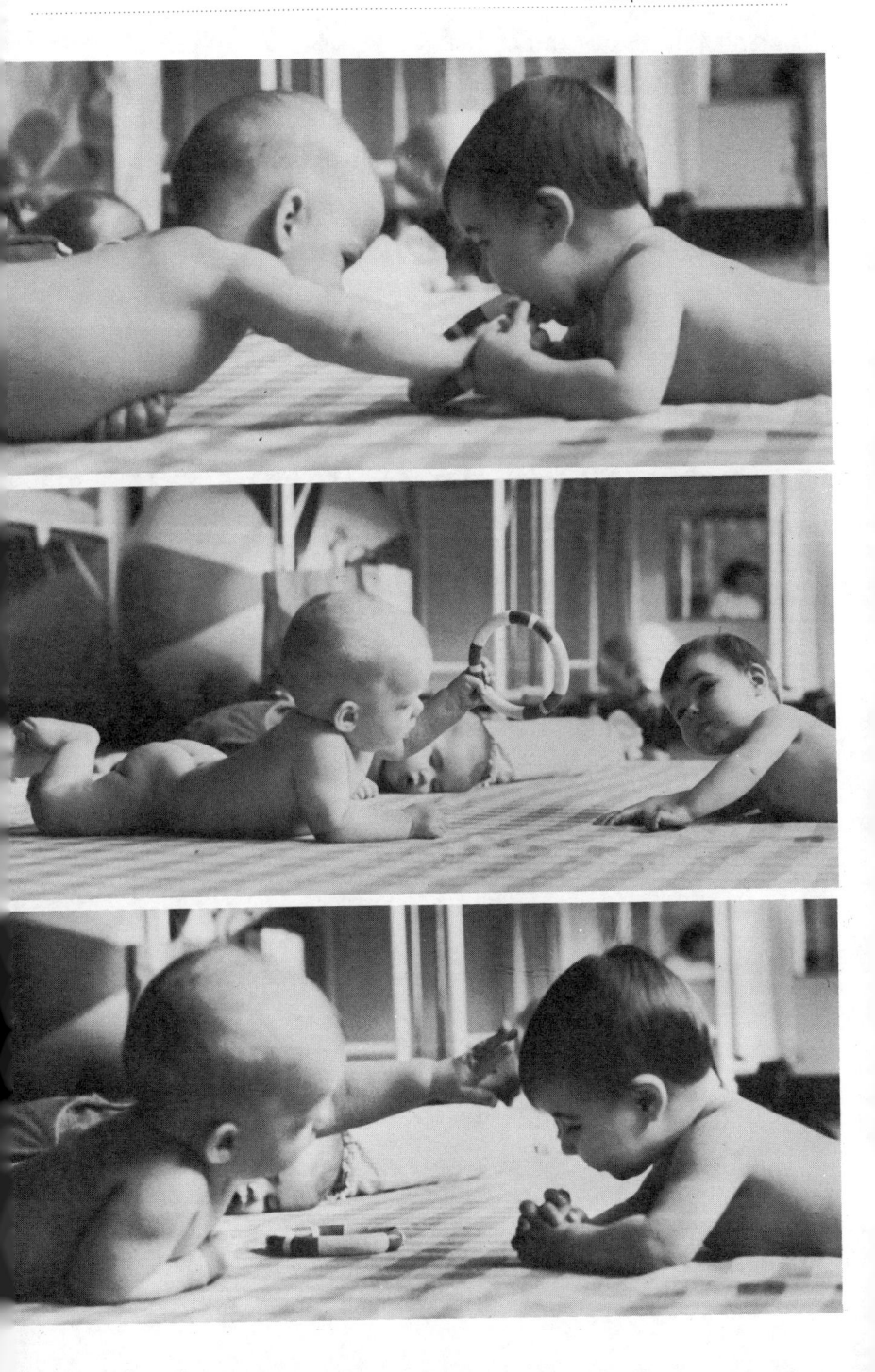

na creche

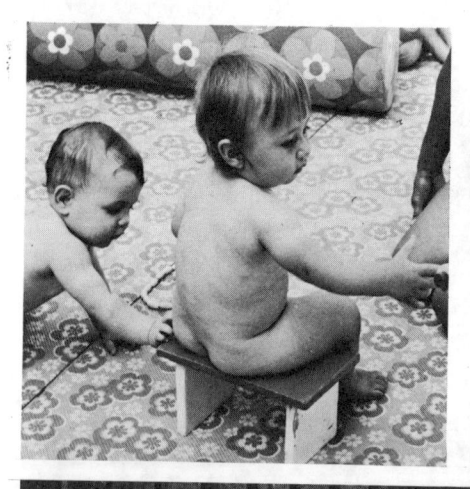

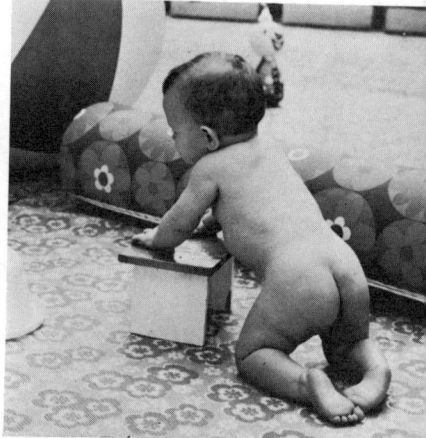

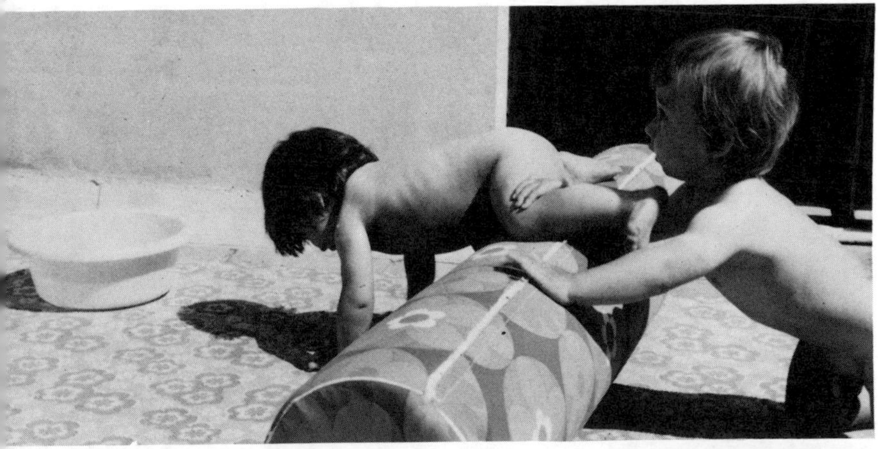
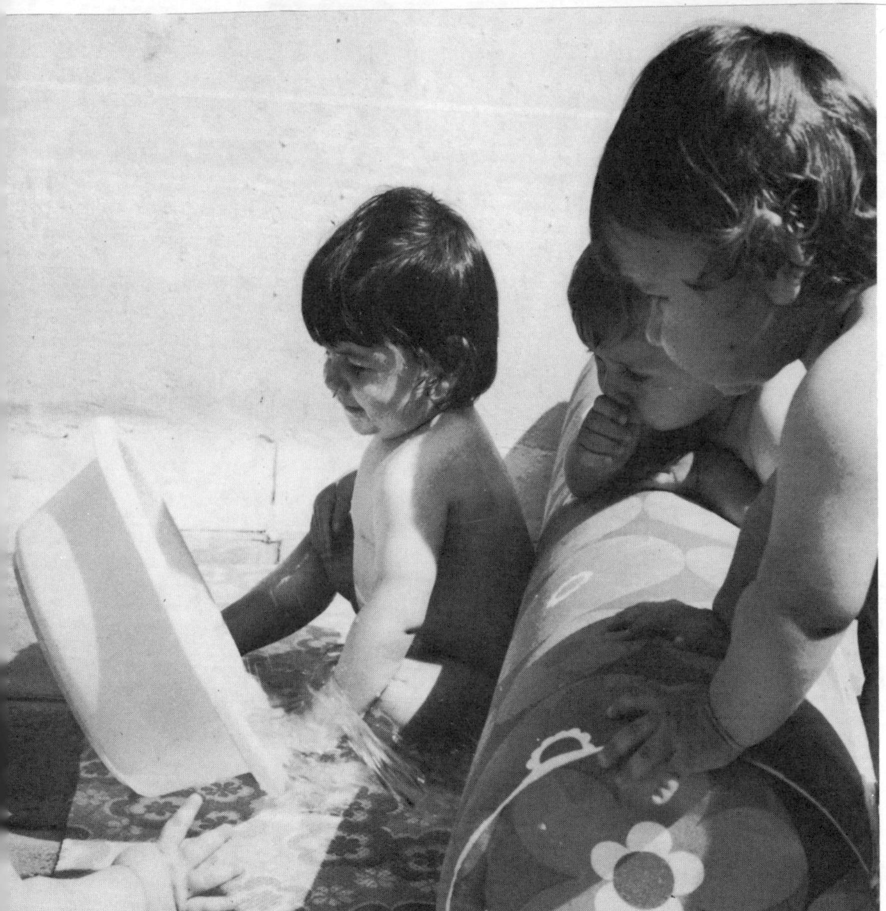

primeiro passo

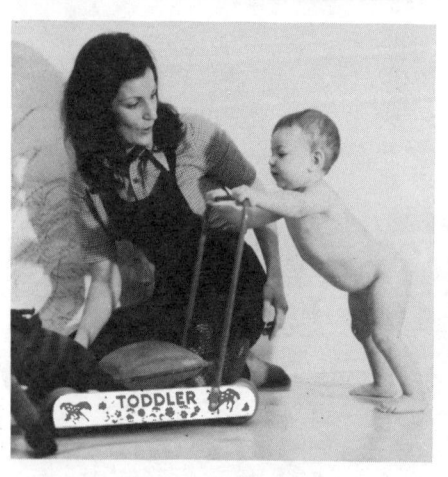

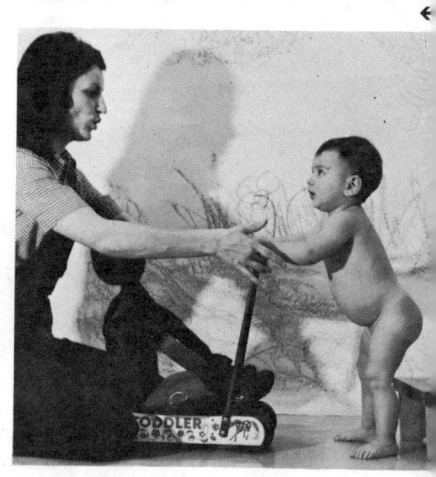

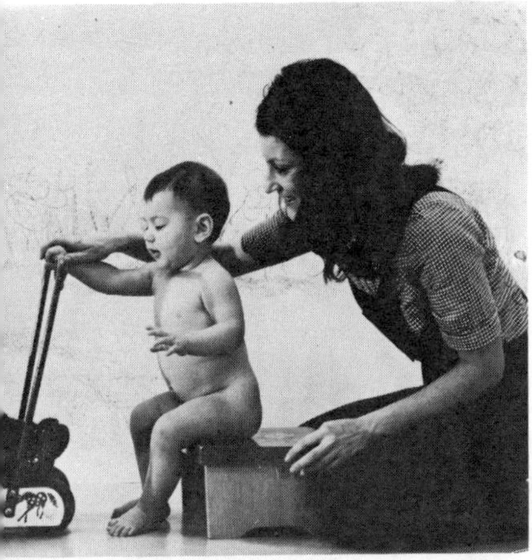

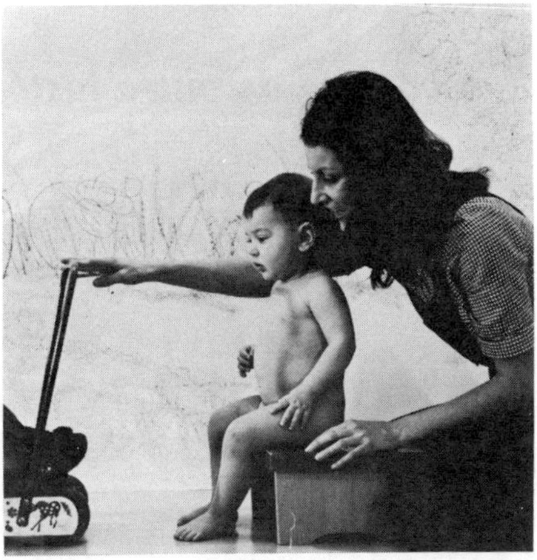

←

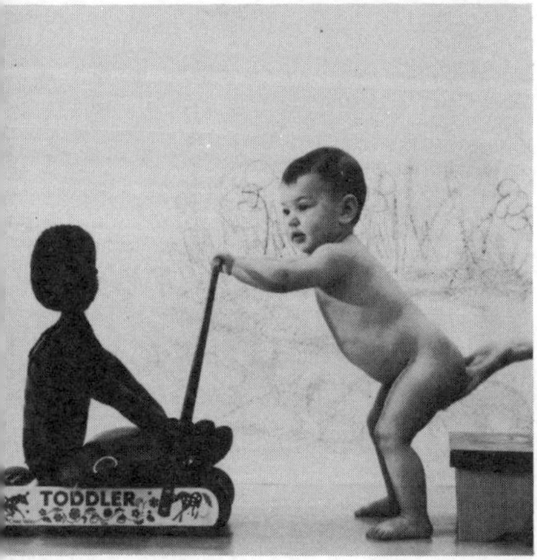
TODDLER

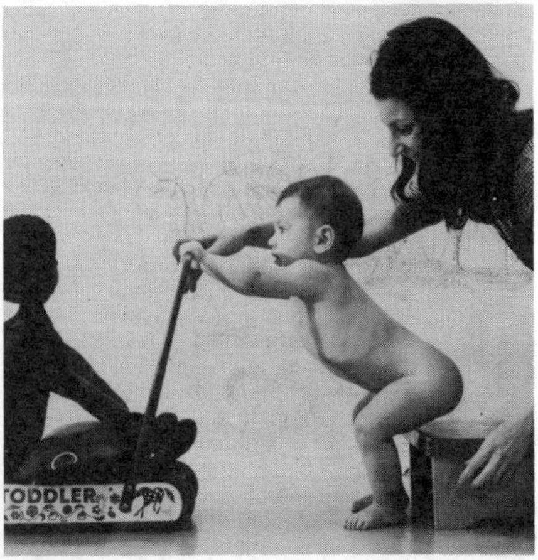
TODDLER

←

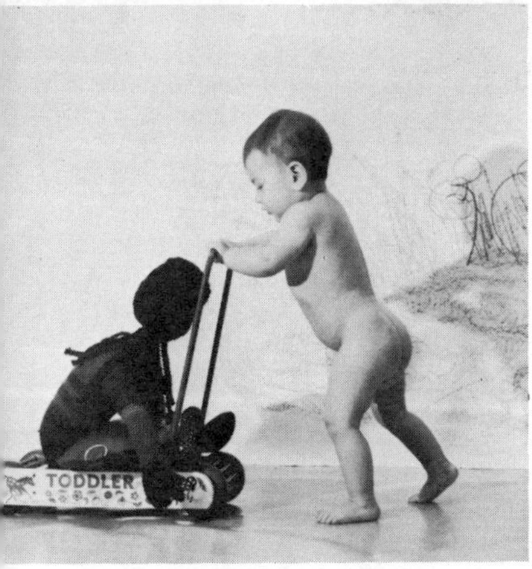
TODDLER

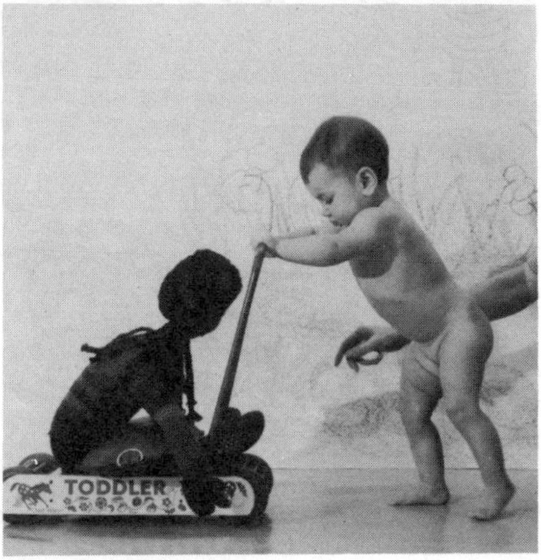
TODDLER

←

o começo de outra história

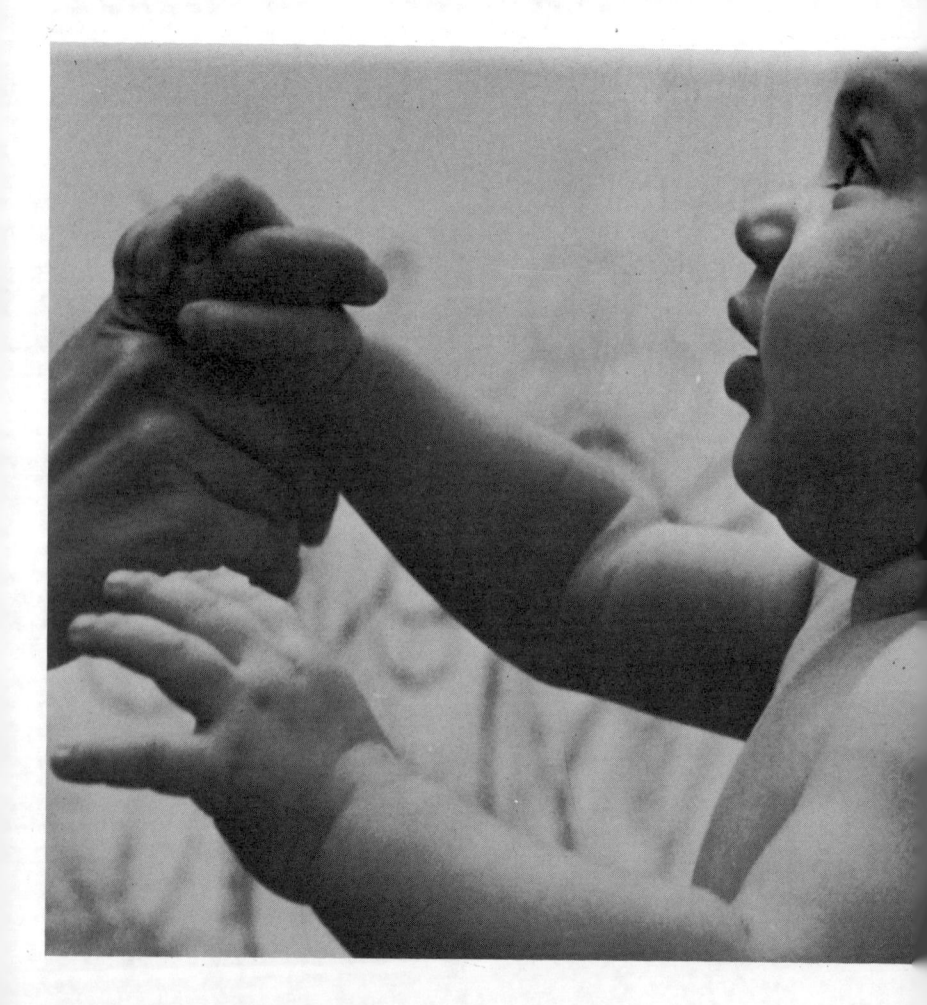

O despertar do bebê 143

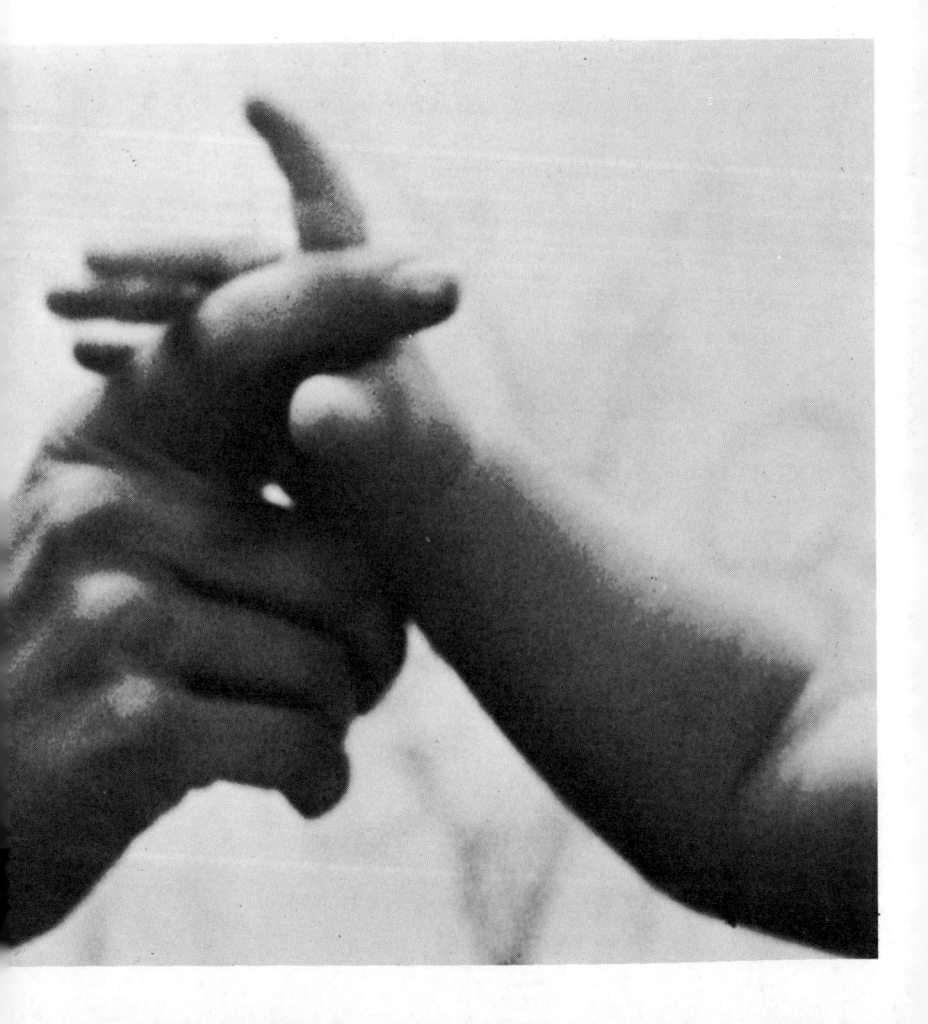

Desejamos agradecer especialmente:

à Dra. Elsbeth Kong, médica em Berna, nos ter iniciado nos métodos globalistas;

à Srta. Danièle Rapoport, psicóloga, e a Sra. Yette Tabusse, cinesiterapeuta, as inúmeras sugestões que nos deram;

a Michèle Fory, Djana Tissier, cinesiterapeutas, e Josette Intartaglia a ajuda e o apoio que nos ofereceram;

a Anne-Marie Zurbach e Philippe Lévy, fotógrafos, cujo jeito e paciência possibilitaram a abordagem nem sempre fácil dos bebês.

Para saber mais

Chassevan, A. Triboulet. *Naissance d'une musculature.* Les cahiers de l'enfance d'A. Danan, 1955.

David, M. *L'enfant de 0 à 2 ans.* Privat, 1960.

David, M., e G. Appell. *Loczy ou le maternage insolite.* CEMEA, Le Scarabée, 1973.

Herren, M. P. *L'éducation psychomotrice du nourrisson.* Perspectives psychiatriques, 1970, n° 29.

Lelong, prof. M. *La puériculture.* Col. "Que sais-je!", P.U.F., 1965.

Lezine, I. *Psycho-pédagogie du premier âge.* P.U.F., 1964.

Lezine, I., e M. P. Herren. *Étude des mouvements chez les nourrissons.* Service du film de recherche scientifique, 1967.

Mozziconacci, P. A. Doumic-Girard. *Notre enfant.* Grasset, 1974.

Neurode, Neumann. *Sarilengs gymnastik.* Quelle et Meyer, Heidelberg, 1966.

Pechenart, dr., e C. Ripault. *Un bon départ dans la vie.* Solar, 1971.

Pikler, E. *Deux films C.I.E.: La joie par le mouvement, Tout seul.*

Pikler, E. *Données sur le développement moteur des enfants du premier âge.* Centre International de l'Enfance, 1970.

Reichmann, D. *La gymnastique des tout-petits.* Gauthier Villars, 1956.

Ziller, M. *La gymnastique du nourrisson.* SOPAD, le Nid, n° 11.

Desejamos também agradecer:

à Direção geral da Ação Sanitária e Social de Paris, que nos testemunhou confiança, permitindo-nos a entrada em seus estabelecimentos;

ao médico-chefe da Proteção maternal e infantil, que nos ajudou com sugestões e críticas;

às diretoras, auxiliares de puericultura e ao pessoal das creches parisienses que nos receberam muito bem e com quem tivemos a grande satisfação de trabalhar, bem como aos pais das crianças fotografadas.

Para saber mais ainda

Ajurriaguera, J. de. *Manuel de psychiatrie de l'enfant*. Masson, 1970.
Bobath, B. *The early treatment of cerebral Palsy develop*. Medicine and child neurology, 1967.
Changeux, J. P. "L'inné et l'acquis dans la structure du cerveau", *La Recherche*, n° 3, julho/agosto, 1970.
Gesell, A. *Le jeune enfant dans la civilisation moderne*. P.U.F., 1949.
Gouindecarie, Th. *Intelligence et affectivité chez le jeune enfant*. Delachaux et Niestlé, 1962.
Koupernik, C., e R. Dailly. *Développement neuro-psychique du nourrisson*. P.U.F., 1968.
Kreisler, L., M. Sain, M. Soufé. *L'enfant et son corps*. P.U.F., 1974.
Le Gall, A. *Le rôle nouveau du père*. E.S.F., 1971.
Spitz, R. *La première année de la vie d'un enfant*. P.U.F., 1965.
Stamback, M. *Tonus et psychomotricité chez le jeune enfant*. Delachaux et Niestlé, 1963.
Thomas, A., e Mme Saint Anne d'Argassies. *Études neurologiques sur le nouveau-né et le jeune nourrisson*. Masson, 1952.
Tomkiewicz, S. *Le développement biologique de l'enfant*. P.U.F., 1968

IMPRESSÃO E ACABAMENTO
Corprint Gráfica e Editora Ltda.